Le
Livre
de
Poche
Jeunesse

# Un amour
# de geek

**Luc Blanvillain**

Luc Blanvillain est né en 1967 à Poitiers. Il se découvre, dès l'enfance, une passion pour la lecture et pour l'écriture. Après des études de lettres, il devient professeur de français, et continue d'écrire. Il publie son premier roman pour adultes chez Quespire Éditeur en 2008. Puis, il se tourne vers la littérature de jeunesse, désireux de retrouver le frisson que lui procuraient les grands raconteurs d'histoires qu'il dévorait dans son enfance, notamment Jules Verne et Alexandre Dumas. Chacun de ses romans explore un genre, souvent très codifié, qu'il détourne : le policier, le roman d'aventures, la comédie sentimentale.

**Du même auteur :**

• Crimes et jeans slim

# Luc Blanvillain

# Un amour de geek

*Ouvrage publié avec le concours
de Jack Chaboud*

# Définitions

«**Geek**» : Selon les mauvaises langues (celles des filles et des parents), un geek est un garçon plutôt discret, qui passe son temps devant son ordinateur en se nourrissant de choses malsaines, conditionnées dans des paquets faciles à déchirer d'une seule main, et qui font des miettes.

«**No-life**», ou «**nolife**» : Geek obsédé par les jeux sur ordinateur, au point de renoncer à sa vie sociale. Le nolife sort peu de sa chambre.

Remarque : le vocabulaire des nolifes est incompréhensible aux humains.

## – 1 –

Longtemps, Thomas Poupinel avait été un nolife heureux.

Après, il était tombé définitivement amoureux d'Esther Camusot.

Et depuis, ça n'arrêtait plus de se compliquer.

## – 2 –

— C'est pas vrai ! hurla Thomas, furieux, en balançant violemment sa souris contre le mur. Je me suis fait *kicker* par l'*admin* !

Pauline, sa petite sœur, qui lisait un livre de filles et de chevaux, assise en tailleur dans le grand fauteuil crème, répondit calmement :

— Normal. Depuis mille heures, tu joues plus, tu *campes*. Déjà, hier, tu faisais exprès ton *team killer*, à moitié.

— Quoi ? Traite-moi de *cheater* tant que tu y es !

— Limite. Tu *fragges* à travers des murs. C'est pas cool.

— Je *fragge* où je veux.

— Alors te plains pas qu'on te *kicke*.

Depuis que Pauline avait appris par cœur le vocabulaire des nolifes, des geeks et des hardcore gamers, on ne s'en sortait plus. Elle avait fait des fiches, exactement comme pour l'anglais et le latin. Sa mémoire ne la trahissait jamais. Thomas se rappelait encore avec une exaspération admirative sa petite voix qui ânonnait, derrière son dos, comme une comptine : « Se faire *kicker* signifie se faire exclure du jeu par l'administrateur du réseau (*admin*). Un *campeur* est un joueur qui casse le jeu en tirant systématiquement sur tout ce qui bouge. *Frag* : tuer, désintégrer, pulvériser, éparpiller. *Cheat* : tricher. *Team killer* : joueur qui tire sur les membres de sa propre équipe. »

Etc.

Elle avait commencé en même temps que lui, dès qu'elle était entrée en sixième et lui en troisième. Deux ans plus tard, ils étaient presque au même niveau. Forcément, elle avait progressé vite, à force de suivre distraitement, depuis son fauteuil, les parties jouées par son frère, tout en dévorant ses histoires de princesses et de poneys ! (Grotesques, ces histoires. Thomas, lui, s'intéressait à ce qui en valait la peine. Traquer un *Draeneï* sur *Azeroth*, par exemple.)

Et comme Pauline était chargée par les parents, quand ils étaient au travail, de veiller à ce que son frère ne joue pas trop longtemps, Thomas et elle avaient conclu un pacte. Il restait connecté tant qu'il voulait, mais elle avait le droit de rester avec lui dans sa chambre, de lire et d'assister aux parties.

Sinon elle balançait tout.

Elle l'avait fait une fois, la petite vache. Ce qui avait calmé Thomas direct.

— Hier soir, Tom a joué trois heures de suite, maman.

— Quoi ? Mais tu es complètement fou, Thomas ! J'en parle à ton père. Je te préviens, demain on coupe Internet.

Il avait juré. Il s'était engagé à se restreindre. Pendant

une semaine, il s'était contenté de chatter une heure par soir sur MSN, de limiter les posts sur ses blogs, de fermer Facebook en se couchant, et de couper son portable la nuit.

Depuis, heureusement, tout était rentré dans l'ordre. La discipline parentale s'était relâchée, Pauline avait repris sa place dans son fauteuil, et Thomas reconquis ses points d'expérience sur *WoW*, sur *Dofus*, puis sur tous les autres.

Un nolife heureux, donc. Jusqu'à Esther Camusot.

## – 3 –

Quand Thomas avait rencontré Esther, à la rentrée de première, ça ne s'était pas passé comme dans les consternantes comédies romantiques dont Pauline raffolait. Ça ne s'était pas passé du tout. Ils ne s'étaient pas vus, pas parlé, ils n'avaient pas bredouillé des idioties en rougissant ou en replaçant leurs mèches derrière l'oreille, ils ne s'étaient pas envoyé de piques trahissant une passion naissante. Aucune chaîne de malentendus n'avait fini par les conduire dans les bras l'un de l'autre. Pendant que le prof de maths expliquait qu'à partir de la première ils n'auraient PLUS DE VACANCES, PLUS DE WEEK-ENDS, qu'il allait falloir BOSSER comme des damnés jusqu'au BAC, que le compte à rebours était commencé, Thomas avait joué sur son iPhone, planqué sous la table, tandis qu'Esther promenait ses longs yeux verts sur les nuages de septembre.

Ensuite, l'amour avait dévoré Thomas comme il dévore toujours et depuis toujours les humains :

Il n'avait plus trouvé de goût aux céréales vanille chocolat caramel qu'il engloutissait d'habitude le matin par poignées, en survolant ses mails.

Il n'avait plus réussi à dormir jusqu'à midi le dimanche, mais se réveillait tourmenté dès dix heures et demie, et l'un de ses avatars (*M. Flash*) s'était fait bouffer par deux Worgens pendant qu'il pistait un Troll.

Le jour où il s'était mis à voir le visage d'Esther flotter partout comme un fantôme, y compris dans ses saucisses purée, à la cantine, il avait su qu'il était foutu. Raide mort.

C'était un vieux lundi pluvieux, pourri d'entrée par un DS de maths. Il ne s'était pas concentré une minute. Les chiffres lui paraissaient poétiques. Par-delà sa copie, il pouvait contempler le beau dos penché d'Esther, avec ses vertèbres impeccables qui bosselaient son pull à fleurs.

Parce qu'elle était genre pulls à fleurs. Il avait essayé de définir son style, au début. Sa chevelure noire lui donnait un côté gothique, aussitôt contredit par ses robes à la Laura Ingalls de *La Petite Maison dans la prairie*, et ses boucles d'oreilles où voletaient des papillons en verre soufflé. Elle avait du bol d'être over belle. La même en moche, on lui aurait direct écrit «victime» au marqueur sur le front.

Au lieu de quoi, tous les garçons la draguaient. Mais tous. Même Benjamin Bellec, que son appareil dentaire disqualifiait au premier sourire. Un pur délire. Aux récrés, c'était Esther par-ci, Esther parle-moi, Esther file-moi ton 06. Et ses copines ne la détestaient même pas. Elles s'inclinaient, avaient trouvé leur reine. Quelqu'un pensait qu'elle venait du futur pour repérer l'élu qui sauverait la terre du Grand Cataclysme. Cette hypothèse n'avait fait rigoler personne. Esther forçait l'admiration et le respect.

Bien sûr, Pauline avait compris tout de suite ce qui se passait. La fatale question, portée par sa voix grêle, avait percuté le tympan épuisé de Thomas, ce fameux 8 novembre.

— C'est qui ?

— C'est qui qui ?

— C'est qui la fille à cause de qui tu vois même pas qu'un gobelin te guette derrière le donjon nord, et qu'il va te dégommer d'un seul *moule shot* si tu planques pas tes fesses ?

— Un gobelin ? Bordel !

Thomas s'en était sorti de justesse, cette fois-là. Pauline avait reposé sa question, comme on exige le paiement d'une dette.

— Et donc, c'est qui ?

Mieux valait avouer. De toute façon, sinon, elle avait à sa disposition une série d'armes imparables. Elle commencerait par le harcèlement pur et simple : la question « C'est qui ? » répétée en permanence, à tous moments, en tous lieux, sous la douche, aux toilettes, ou quand il causerait avec ses potes.

Elle embraierait sur le chantage :

— Je dis à papa que tu n'as pas déconnecté de la nuit.

— Mais c'est faux ! C'est dégueulasse !

— C'est moi qu'ils croiront et tu le sais.

Et recourrait, en cas de résistance prolongée, à l'arme fatale : les photos de Thomas en slip de bain, à huit ans, pleurant sur la plage de Cabourg parce qu'il avait eu peur d'un crabe, qu'elle enverrait en pièces jointes à certaines personnes choisies qui ruineraient Thomas sur Facebook, en deux clics.

Il admit donc :

— Elle s'appelle Esther. Esther Camusot.

La réaction de Pauline fut stupéfiante.

— Esther ? Je la connais. Elle est super.

La phrase avait été prononcée sans la moindre émotion, et fut suivie du bruit calme d'une page qu'on tourne.

— C'est ça! risqua Thomas en avalant sa salive. Et toi tu es sortie avec Barack Obama?

Il était assez mauvais, en répliques qui tuent.

Pauline prit le temps de terminer sa page. Exprès. Mais mieux valait ne pas insister, elle aurait prolongé la torture jusqu'à la fin du chapitre. Il se contint, attendit, en profita pour balancer un *head shot* à un gros elfe moelleux.

— Je la connais, précisa enfin Pauline. On est amies sur Facebook.

— Hein? Mais d'où vous êtes amies? Tu pouvais pas me le dire?

— Il faut que je te dise le nom de toutes mes amies Facebook au cas où tu serais amoureux d'elles?

— J'ai pas dit amoureux.

— C'est ça. Et moi, je l'ai plaqué hier.

— Qui?

— Barack.

Silence troublé par la voix d'un joueur grésillant dans les enceintes de l'ordi, et qui demandait à Thomas, *via* le réseau IP, s'il se rappelait qu'il était censé diriger le clan, et présageait que, s'il ne se bougeait pas rapido, ils seraient boulottés par les Murlocs jusqu'au dernier pixel avant la prochaine lune.

— Pas faux, dit Pauline.

Thomas éteignit les enceintes et quitta le jeu à l'arrache, sans prévenir personne. D'autres s'étaient fait bannir pour moins que ça. Il n'y pensait même pas.

— D'où tu connais Esther?

Pauline soupira, puis condescendit à répondre :

— On s'est connues sur un forum d'équitation. Elle est géniale. Elle fait de la voltige équestre.

— De la quoi?

— De la voltige équestre. De la gymnastique artistique, à cheval.

Avant que Thomas ait eu le temps de mesurer la por-

tée de cette information, leur père passa sa tête ébourif-
fée par l'embrasure de la porte.

— Il est dix heures, les enfants. Extinction des feux. Il
y a école, demain.

À sa grande surprise, Thomas obéit sans un mot, et
Pauline lui fit une bise négligente avant de se diriger en
bâillant vers sa chambre. Pas de protestations, de
minutes supplémentaires négociées, de chicaneries,
d'agacements.

— Thomas, hasarda-t-il, tout va bien ? Tu peux me
parler, tu sais, si tu as besoin.

Mais à son grand soulagement, Thomas proféra
quelques borborygmes, dans le langage si particulier des
adolescents garçons, et qui semblaient indiquer que tout
allait au mieux. M. Poupinel referma la porte, ravi de
s'en tirer à si bon compte.

— 4 —

Les parents ne comprenaient rien aux univers virtuels.
Ils s'inquiétaient, c'était normal. On ne pouvait pas leur
en vouloir. Le premier pithécantruc qui s'était mis
debout, en moins trois milliards avant Jésus-Christ, avait
dû inquiéter aussi beaucoup ses congénères, vautrés
dans leur bonne boue grasse. À lui aussi on avait dû dire
qu'il allait «perdre le contact avec le réel», qu'il dépéri-
rait, si près du ciel, qu'il finirait par devenir dépendant
des nuages, addict à l'infini. Grâce à Thomas, la famille
Poupinel avait poussé la porte du futur. D'ailleurs, son
addiction avait bon dos, car ses parents ne valaient pas
beaucoup mieux que lui.

Éric Poupinel, le père, dès qu'il rentrait du boulot, se
précipitait sur ses forums consacrés au rock anglais du

milieu des années soixante. C'était son délire à lui, des groupes archi-inconnus, dont il se procurait les vinyles à prix d'or, par son réseau de potes qui épluchaient les bacs poussiéreux de disquaires fanatiques, au fin fond de Londres, Berlin ou Amsterdam. Au moins trois fois par semaine, il fracassait la porte de la chambre de Thomas et entrait en brandissant une galette noire entre deux doigts tremblant de bonheur : «La version originale de Fresh Cream, 1966! Pas une ride! Pas une rayure!» Il tombait à genoux, braillait une mélodie (toujours plus ou moins la même car il chantait faux et fort) tout en adoptant la gestuelle d'un guitar hero aux narines dilatées par la dope. Ses articulations craquaient beaucoup. Deux fois, il s'était coincé le dos.

Thomas et Pauline sentaient bien que cette inaltérable ferveur amusait de moins en moins leur mère, qui lui demandait toujours combien il avait payé son collector. Il ne répondait jamais, mettait le disque sur la platine, et l'invitait à danser avec lui, sa grande carcasse récemment flanquée d'un début de bide exécutant des figures saccadées, imitées de Mick Jagger, et qui faisaient très peur quand on n'était pas habitué.

Comme il n'hésitait pas à se comporter ainsi devant n'importe qui, Thomas et Pauline n'osaient pas trop inviter des gens. Quand ils organisaient une soirée, ils s'arrangeaient toujours pour virer au moins leur père. Thomas se souviendrait toujours de son quatorzième anniversaire, quand M. Poupinel avait voulu jouer les disc jockeys, choisissant uniquement des morceaux préhistoriques, blindés de riffs interminables, sur lesquels il tressautait en balançant ses grands bras, dans un nuage de Chamallows et de Curly. Il avait anéanti d'un coup de pied les lunettes de Brice Mabillon, et tout s'était très mal fini.

Les soirées de la famille Poupinel étaient plutôt calmes. Monsieur traquait ses trésors sur des sites spécialisés, madame chinait sur eBay, se faisant livrer par la poste des trucs inutiles pour décorer la maison : serre-livres, vases, brocs émaillés, tableaux représentant des bouquets ratés, coussins pour chat. Elle causait avec ses copines, aussi, et lisait des articles féminins. Pauline surfait sur ses sites de bourrins, puis venait lire dans la chambre de Thomas, pour le surveiller.

Il était loin, le bon vieux temps du Moyen Âge, où les membres de la famille se serraient les uns contre les autres, dans la lumière tremblotante de la télévision.

– 5 –

— Dis-moi exactement tout ce que tu sais sur Esther.

Il était très tard. Thomas avait rejoint Pauline dans sa chambre. Une veilleuse de bébé projetait sur les murs roses une silhouette de fée à grosses fesses, qui avait toujours un peu effrayé Thomas.

— Laisse-moi. Je suis fatiguée. J'ai un contrôle de musique demain.

Un contrôle de musique ! Parfois, Pauline vous laissait rêveur.

— Fais pas ta chienne. Tu veux quoi ?

— Tu m'emmènes au bowling samedi.

— Mais pourquoi moi ? Pourquoi moi ? T'as pas des potes qui aiment ça ?

— Ils sont nuls. Y a que toi qui te fais pas écraser tout de suite par ma puissance de jeu.

C'était vrai. Pauline, apparemment musclée comme un têtard, balançait au bowling des tirs de roquette à vous décrocher les mandibules. Strike chaque fois ou presque. Et quand elle ratait, c'étaient des bordées de

17

jurons si grossiers que les vieux alentour n'en croyaient pas leur sonotone.

— OK. Bowling. Crache tout.

Pauline s'assit dans son lit, cala les oreillers ornés d'affreuses petites filles à couettes jaunes et à gros yeux, et prit l'air concentré qu'elle avait déjà quand elle gobait ses biberons.

— Esther est championne départementale de voltige à cheval. Elle prépare les championnats régionaux. Elle a toutes ses chances. Ses parents possèdent le centre équestre de la Vallée d'Or, à la sortie de la ville. Elle s'entraîne tous les jours. Elle adore Jane Austen et Cocoon. Elle ne boit que du jus de mangue bio. Elle est végétarienne. Elle coud elle-même presque toutes ses fringues. Elle veut travailler dans le monde des chevaux, plus tard, faire des voyages, avoir une fille qui s'appellera Rose.

— Rose ?

— Ça te plaît pas ? Tu pourras peut-être en discuter avec elle.

— Continue.

— Elle t'aime bien. Peut-être plus que ça.

Thomas sursauta et faillit tomber de son pouf. Un sourire narquois s'esquissa sur les lèvres de Pauline.

— Tu te fous de ma gueule ? Elle m'a jamais parlé.

— Ben oui, justement.

Ah. L'obscure logique des filles.

— Mais vous... vous discutez beaucoup ?

— Tous les soirs. On parle surtout du *Destrier d'argent*. Elle est fan.

*Le Destrier d'argent*. Une série pour filles. Quinze tomes, pour le moment, mais les auteurs en pondaient deux par an. Une horreur. Ça se passait dans une espèce de pays genre Angleterre, il y avait des grandes propriétés, des mystères, des tonnes d'étalons, des garçons craquants, des palefreniers. Les couvertures des bouquins étaient flashy, fluos. Aux yeux d'un authentique nolife, c'était la quintessence du mauvais goût.

Mais, curieusement, Esther n'en fut pas discréditée. Bien au contraire. L'obscure logique de l'amour.

Il allait falloir que Thomas digère toutes ces infos. La chambre de Pauline l'étouffait, saturée de peluches pas encore reléguées au grenier, tapissée de posters où des poneys franchissaient des obstacles, le regard rond et vide comme celui de Tintin. Il tenta de se lever, se rassit, en proie à un léger vertige. Il lui faudrait au moins une bonne heure d'hyperviolence, dans les marécages de Törndrull, pour recouvrer son calme. Il se souvint qu'il était sur la piste d'un grand Körn des abysses, et que ça risquait de chauffer pour les écailles de la bestiole.

— Dimanche, je suis invitée chez elle.

Les neurones de Thomas, passé le choc électrique, se reconnectèrent à tâtons.

— Invitée chez qui ?

— Chez Lady Gaga.

Moyen, ça. Pauline était vraiment fatiguée.

— Mais comment, invitée ?

— L'idée, c'est que je vais chez elle, que j'y reste un moment, puis que je rentre chez moi. Invitée, ça s'appelle.

Invitée chez Esther. Il était si stupéfait qu'il s'explora l'intégralité de la narine gauche, comme s'il était seul devant son écran.

— Tu veux mon doigt ?

— Hein ? Non mais... comment tu as fait ?

— Je n'ai rien fait. Elle m'a demandé si ça me plairait de la voir s'entraîner, et j'ai dit oui. Tu veux venir aussi ?

Les choses allaient trop vite. Thomas voulut former un mot puis renonça. Pauline vint à son aide.

— J'ai dit que tu t'intéressais à l'équitation. Elle a eu l'air étonnée. Elle m'a dit qu'elle pensait que tu étais un vrai nolife et que c'était triste.

— Triste ?

— Oui. Elle a horreur des jeux en réseau. Elle dit que c'est une drogue. Elle voudrait sortir avec quelqu'un qui aime la vie, la nature, qui se soucie de l'avenir de la planète, des trucs comme ça.

La vie. Esther était donc l'une de ces personnes qui se réfugient dans la réalité.

— T'es dingue d'avoir dit que je m'intéressais aux canassons. Tu sais bien qu'ils me dégoûtent !

C'était vrai. L'antipathie que suscitait chez Thomas le monde équin s'était progressivement muée en révulsion. Dans un cheval, il remarquait surtout les mouches qui lui suçaient le museau, les taches de crottin boueuses sous sa queue, les énormes organes génitaux étalés sans pudeur, l'odeur écœurante, les bruits pas rassurants, souffles d'autobus, hennissements hystériques. Et puis, surtout, les yeux vides, exorbités. Comment pouvait-on nourrir une telle passion pour ces monstres ? Les chevaux virtuels étaient beaucoup plus beaux, légers, maniables. Les graphistes avaient humanisé leurs traits, affiné leurs silhouettes. Les chevaux réels avaient encore besoin de quelques millénaires d'évolution pour être présentables.

— Ce que je te conseille, reprit Pauline, c'est de bosser, d'ici samedi. Je t'ai préparé de la doc.

Elle désigna une pile de bouquins et de revues. L'*Encyclopédie du cheval*, les tomes 1 et 2 du *Destrier d'argent*, et plusieurs numéros de magazines spécialisés.

— Il faut que tu maîtrises les notions de base. Je suis sûre que tu ne fais même pas la différence entre la longe et le licol. Arrange-toi pour être crédible.

Pauline, soudain, se redressa :

— Bon. Maintenant, fais-moi réciter mon théâtre.

Thomas mit ses mains sur son front, comme en proie à une douleur aiguë.

— Non ! Pas ça ! Pitié !

Pauline préparait une pièce de théâtre pour le spectacle de fin d'année, au collège. C'était un truc invraisemblable qu'elle avait écrit avec des copines. La mise en scène était assurée par la prof de français. On n'en était encore qu'au début, et c'était déjà nullissime. Pauline jouait comme un pied. Thomas n'avait pas trop osé le lui dire, par peur des représailles. Chaque fois qu'elle lui rendait un service, en plus du bowling, il devait lui faire réciter son rôle, celui d'une jeune fille amoureuse d'un abruti très beau (joué par Timothée Garland, recruté sur casting). Après, il se passait des trucs genre jalousie, phénomènes surnaturels, crises, et elle l'épousait à la fin.

Elle lui tendit les feuillets.

— Allez ! Juste le début de la scène 3 !

Il se résigna, attrapa les papiers.

— Rod, soupira Pauline, Rod, je sais que tu n'es pas de notre monde. Je l'ai deviné quant tu m'as regardée, l'autre soir. J'ai senti que...

— Arrête ! coupa Thomas.

— Quoi ?

— Désolé, c'est nul.

Elle sursauta. Il n'avait jamais été si direct avec elle.

— Nul ?

— Écoute, Pauline, développa Thomas qui se sentait crevé et agacé par les récents événements, le théâtre, c'est... c'est pas de la récitation, tu vois. Ça doit venir de là.

Il se frappa les tripes.

— Tu t'y connais en théâtre, toi ?

— Ouais. On l'a bossé en français. C'est un *objet d'étude*, assena-t-il.

Pauline se renfrogna.

— Nul, ça veut rien dire. Faut que t'expliques.

— Ben, on n'y croit pas. On n'est pas dedans, tu vois. Faut que t'arrives à faire sentir la situation, à provoquer des émotions chez ton spectateur. Faut lui foutre la trouille. Faut qu'il ait les poils qui se dressent, tu comprends ?

Il lui rendit les feuilles.

— Bosse-moi ça encore un mois ou deux, une heure par soir. Et on en recause.

En sortant de la chambre de Pauline, Thomas se sentit profondément déprimé. Est-ce qu'il ne pourrait pas essayer de tomber amoureux, plutôt, de Noémie Burlot, une fille normale, scotchée à son téléphone, fringuée tendance, qui occupait les cours à se tripoter la frange ?

Cette perspective l'abattit davantage encore. Puis il bomba le torse. Esther *l'aimait bien*. Donc elle avait parlé de lui à Pauline. Pauline avait dû lui dire qu'elle avait un grand frère au lycée, Esther avait posé des questions, identifié Thomas et, d'une façon ou d'une autre, avait laissé entendre qu'elle *l'aimait bien*. Il avait ses chances ! Certes, le peuple des chevaux était son ennemi, mais il vaincrait. Il ferait des fiches, lui aussi. « Licol ». Quel était l'autre mot, déjà ?

En passant devant le bureau de sa mère, il vit une lueur pâle, caractéristique. Il jeta un œil par l'embrasure de la porte : Mme Poupinel était sur sa boîte mail et lisait son courrier. Elle avait une espèce de grimace étrange qu'il ne lui avait jamais vue, à mi-chemin entre le sourire et le haut-le-cœur. Les ronflements de son père faisaient vibrer la mince cloison de la chambre. Il s'éloigna, se jeta sur son lit, ouvrit l'*Encyclopédie du cheval* en s'exclamant :

— À nous deux, maintenant !

Deux minutes plus tard, il dormait.

## 6

— Salut, nolife !

Thomas ferma les yeux une seconde et imagina un paysage joyeux pour essayer de rester calme. Il vit une grande forêt, couleur chrome, et entendit les cris stridents des Wurfs qui tournoyaient au-delà des cimes. Graphisme impeccable, très haute définition, suppression des coordonnées dans les HOF. Il se sentit mieux.

— Salut, connard de nolife, développa Ludovic Latreille, qui ne se décourageait jamais.

Ludovic Latreille était le pire des mecs. Franchement. D'habitude, les abrutis ont toujours des circonstances atténuantes. Ils ont été malheureux dans leur enfance, ils font des trucs gentils de temps en temps, qui montrent qu'on les a jugés trop vite, qu'il faut se méfier des apparences. Pas Ludovic Latreille. Même en le jugeant très lentement, très soigneusement, on retombait toujours sur le même verdict : le pire des mecs. Vingt fois, au moins, Thomas avait créé un avatar monstrueux qu'il baptisait Latreille, et le faisait mourir dans les pires tortures, au fond des oubliettes les plus crasseuses, dépiauté par des insectes méticuleux.

En l'occurrence, Latreille se tenait au milieu de la cour, parmi ses admirateurs qui étaient tous des faux-culs comme on n'en fait pas, les Térence Torquier, les Florian Berthelot, et cette pouffe d'Anaïs Lebel, qui riait par réflexe, avant d'avoir compris ce qu'on lui disait (ce qui était rare), en exhibant l'œuvre de son orthodontiste. Il y avait aussi l'âme damnée de Latreille. Un type surnommé Tartine. On n'arrivait jamais à se rappeler son vrai nom, et on avait oublié l'origine du surnom.

Mais ça lui allait bien. Tartine. Il avait une tête de Tartine.

Le truc de Tartine, c'était le cinéma. Il filmait tout, tout le temps, avec son téléphone portable, qui ne lui servait pratiquement qu'à ça, car il avait peu d'amis. On n'en savait pas davantage sur Tartine, à part qu'il passait des heures, chez lui, à faire des montages, à rajouter des effets spéciaux. On se doutait qu'il avait du talent. Une fois ou deux, il avait montré ses films. C'était toujours des scènes du lycée, super bien cadrées, auxquelles il ajoutait une musique. On se demandait ce qu'il faisait dans l'ombre de Latreille. Il avait dû s'y trouver par hasard, et n'osait plus en sortir.

Le pire, c'était que, ce matin, Esther était avec le groupe Latreille. Elle sirotait sa bouteille de jus de mangue, vaguement indifférente. Il faisait encore pas mal nuit dans la cour, un froid décourageant vous mouillait le nez. Latreille avait décidé de pourrir Thomas, cette année, comme il avait pourri Kévin Roullec, l'année précédente. Heureusement, Thomas n'était pas la seule victime de Latreille. Son véritable souffre-douleur, celui qui avait peu de chances de s'en sortir intact, c'était le meilleur pote de Thomas, Jérémie. Jérémie Guérin.

Thomas tourna la tête, cherchant à discerner Jérémie dans cette pénombre humide et, du même coup, à montrer à Latreille que ses provocations ne l'effleuraient même pas. La meilleure arme contre Latreille, selon Jérémie, c'était l'indifférence, le silence, la non-violence. Ne pas répondre. Ne pas lui faire le plaisir de relever ses défis foireux. Rester calme, rester soi.

Ça ne marchait pas du tout.

Thomas et Jérémie étaient en butte, du matin au soir, aux pires méchancetés, aux insultes simples, aux copies déchirées, aux crachats dans la trousse, aux portables jetés dans les chiottes, aux calomnies. Pas de bol. Les Latreille ne sont pas si fréquents que ça, statistiquement.

Thomas en avait parlé, sur des forums, on lui avait donné des conseils. Mais à part l'éventrer et placer le corps dans un haut-fourneau qui, selon un étudiant en sciences de l'ingénieur, le désintégrerait sans laisser la moindre trace, il n'y avait pas de solution simple et efficace. D'autant qu'à cause de la crise de la sidérurgie, on ne trouvait plus beaucoup de hauts-fourneaux en France.

Latreille était fils de pharmacien. Excellent élève, surtout en physique et en maths. Il voulait être trader, plus tard, ou patron. Les profs l'adoraient parce qu'il participait aux cours avec humour et finesse. En sport, il battait tout le monde. Il était beau, genre Zac Efron. Ça avait au moins le mérite de prouver irréfutablement que Dieu n'existait pas.

Quant à Jérémie Guérin, c'était un artiste. Un vrai. Il dessinait comme on peut à peine s'imaginer. De l'heroic fantasy. Plus tard, bien sûr, il en ferait son métier et serait une star. Mais pour l'instant, il galérait en cours. D'abord parce qu'il était incapable de prendre des notes. C'était plus fort que lui. Il fallait qu'il dessine. Ses cahiers, c'était la chapelle Sixtine. Au point que les profs n'osaient rien lui dire :

— Tu es sûr que tu ne ferais pas mieux de noter deux ou trois petites choses quand même, Jérémie ? avait suggéré la prof de français.

— Pas la peine, madame, je me concentre mieux quand je dessine. Et je retiens tout ce que vous dites.

C'était globalement vrai. Il retenait des bribes, qu'il mélangeait, accommodait avec ses propres rêveries. Ça donnait des dissertations de vingt pages, toujours absolument hors sujet mais agrémentées d'illustrations époustouflantes, à l'aquarelle ou à la gouache. Les profs demandaient s'ils pouvaient garder les copies. Il avait entamé une grande BD en dix tomes, genre *Seigneur des anneaux,* mais plus développé. Toutefois, comme il mettait une semaine par case, il en était à peine, au bout d'un an, à planter le décor.

Thomas l'aperçut qui se planquait derrière un poteau du préau. Il lui fit un signe et se dirigea vers lui, ignorant les insultes de Latreille.

— Eh, Poupinel, tu vas retrouver ta femme?

Heureusement, Mme Friol, la prof de français, fit diversion en traversant la cour. Latreille la salua. On vit luire ses incisives dans les premiers rayons de l'aurore.

— Bonjour, madame! Excellente journée à vous!

— Bonjour, Ludovic! Tu m'as l'air en pleine forme! À tout à l'heure!

Quand elle fut passée, Latreille expliqua aux autres que Mme Friol faisait des cochonneries avec son chien. On entendit les gloussements d'Anaïs Lebel.

C'est alors que Latreille, sans doute enivré par son succès, eut l'idée la plus pourrie, la plus dangereuse, la plus catastrophique de toutes celles que les circonvolutions perverses de son cerveau malade aient jamais engendrées.

— Tout à l'heure, en cours, annonça-t-il, on filme la culotte de la prof de français. Ce soir, c'est un buzz sur le Net.

Anaïs gémit de rire et approuva aussitôt :

— Elle a qu'à pas mettre des jupes aussi courtes.

— Qui va filmer? demanda aussitôt Tartine, inquiet.

— Ben toi, bien sûr. T'es le meilleur.

— Pas question. Je fais pas des trucs comme ça.

— T'as peur?

— Pas du tout. Je... Ce genre de films n'appartient pas à mon univers artistique.

Latreille et Anaïs en moururent de rire.

— OK, OK, concéda Latreille, qui était de bonne humeur. Je m'en occupe. Anaïs, tu lui demanderas de venir regarder un truc sur ton cahier, et quand elle se penchera, moi, hop, je place le téléphone au bon endroit.

— Mais j'ai aucune idée de truc à lui demander! s'alarma Anaïs qui avait du mal avec les idées.

— Choisis un truc crédible. Genre que t'as rien compris au cours.

Pendant ce temps, Thomas serrait la main de Jérémie, qui, de l'autre, se frottait l'oreille gauche.

— Qu'est-ce qui t'arrive? s'enquit Thomas.

— C'est Latreille qui m'a foutu un pain dans le bus, comme ça. J'ai rien vu venir. Ça bourdonne vachement. J'espère qu'il m'a pas niqué le tympan, ce naze.

— Ça peut plus durer, faut te plaindre aux CPE.

Mais Jérémie secoua la tête, ce qui lui arracha une pâle grimace de douleur. Il refusait absolument toute idée de dénonciation, d'altercation.

— Tu vois, disait-il, il faut suivre l'exemple de gens comme Jésus, Gandhi ou Luther King. Ne jamais répondre. Tendre l'autre joue. Quand on te fout un gnon, tu balances de l'amour.

— Tu sais comment ils ont fini?

— Je sais. Massacrés. Tous les trois. Mais quand même.

Thomas jeta un coup d'œil prudent en direction du groupe animé par Latreille et constata, non sans soulagement, qu'Esther s'en éloignait pour se diriger vers eux, mais lentement, par doux zigzags, comme sans le faire exprès. Quand elle fut à portée de voix, il la salua et lui sourit. Devait-il parler de Pauline? Il préféra rester discret. Il était plus habile de ne rien dire, comme ça Esther pourrait continuer de se confier à Pauline qui retransmettrait, s'il savait s'y prendre. Il décida de ne pas évoquer Latreille non plus. Rester digne. Classe.

Du coup, il ne savait plus quoi dire.

Le visage d'Esther, éclairé par un rayon rose qui venait de se frayer un chemin entre deux blocs de nuages, était calcinant de splendeur. Elle sourit aussi, ce qui lui donnait un air de bébé surpris.

— C'est bon? demanda Jérémie en désignant la bouteille presque vide, qu'elle tenait toujours.

— C'est du jus de mangue bio. J'adore. Tu veux goûter?

— Ouais, file.

Et ce salaud de Jérémie posa ses lèvres sur le goulot qu'avaient pressé celles d'Esther! Comme un baiser par bouteille interposée. Thomas esquissa un geste réflexe, pour la lui arracher des mains. Mais Jérémie avait déjà tout lampé, en deux gorgées. Il fit un bruit de succion, assez vilain.

— T'en voulais? demanda-t-il en se léchant le menton.

— Non merci, grogna Thomas.

Puis, craignant d'avoir vexé Esther, il ajouta :

— Je connais. J'en bois souvent. C'est super bon. Super naturel.

Il laissa passer du temps, pendant lequel elle sourit davantage.

— J'adore la nature, expliqua Thomas.

Jérémie parut surpris, car son ami lui avait toujours dit qu'il abominait les arbres et les herbes, et qu'il ambitionnait de passer sa vie dans un appartement, à New York, en ouvrant juste de temps en temps les fenêtres pour avoir sa dose de gasoil. Mais il eut le tact de ne pas faire de commentaires.

Esther s'en abstint également, mais Thomas sentit qu'elle le regardait différemment. Sûr qu'elle était médium. Elle savait tout. Ou alors Pauline l'avait déjà grillé. Il espérait que non. Des fois, Pauline était presque réglo.

## 7

Les Poupinel prenaient leur repas du soir.

D'habitude, Thomas aimait bien les repas du soir. On y humait encore le parfum d'autrefois, quand tout allait bien, quand les parents s'appelaient encore papa et maman, et que papa pinçait, sans se faire rabrouer, les hanches de maman qui râpait du gruyère sur les coquillettes. Maintenant, tout ça n'était plus possible. La fête s'était évaporée. Si papa pinçait maman, il se prenait une vacherie bien méchante. Maman ne râpait plus le gruyère, elle achetait des paquets tout râpés. On ne pouvait pas lui en vouloir. Il n'y avait rien à dire.

Thomas se demandait si c'était vraiment sa faute à lui, à cause des ordis, des iPod, des iPhone. Il pensait aux ondes wi-fi qui traversaient la maison et les cerveaux. Jérémie affirmait que tout ça finirait en maladies méga graves, qu'on n'imaginait même pas. Les organes des gens seraient rongés de pustules radioactives. Il dessinait pour expliquer. Ça foutait les jetons.

Peut-être que Thomas aurait dû avoir la volonté de refuser, quand on lui avait offert son premier CD-ROM éducatif, à six ans. Il se rappelait confusément une espèce de gros rat vert qui lui proposait des exercices de maths maquillés en jeux rigolos. Saloperie de rat.

Le dîner avait à peu près bien commencé, malgré la nouvelle manie de leur mère, qui consistait à cuisiner le contenu d'un «panier biologique» que lui vendait un barbu aux ongles marron, le samedi, au marché. Le panier était bourré de légumes sains répugnants, des légumes oubliés, ressortis comme des zombies des catacombes de l'Histoire : rutabagas, céleris-raves, racines diverses, feuilles très vertes. Ce soir-là, c'était un gratin de bettes. Des tiges fibreuses s'extirpaient péniblement d'un marécage de béchamel allégée, comme des moignons d'Aliens. Mais personne n'avait protesté. Depuis quand n'osait-on plus protester ? Tout le monde avait trop peur d'entendre maman dire qu'on n'avait qu'à faire la bouffe soi-même. Dans la bouche de maman, bouffe était un mot moche et déprimant.

Les quatre Poupinel croquaient donc leurs bettes mal cuites. Thomas cherchait honnêtement quelque chose à dire. Mais de quoi pouvait-il parler ? Impossible de raconter que Latreille avait mis en ligne la petite culotte de la prof de français, que le film avait été expédié sur tous les portables des élèves de la classe, et qu'il avait déjà près de 400 visites sur YouTube. Latreille avait très bien manœuvré. Le cadrage était parfait, on ne pouvait pas deviner qui avait fait le coup. Mme Friol avait quatre ou cinq classes, qui lui menaient la vie dure. En plus, elle ne soupçonnerait jamais son chouchou.

Si leur mère avait été informée de cette histoire, elle lui aurait demandé d'aller dénoncer Latreille ou, pire, aurait pris rendez-vous avec des gens catastrophiques comme le proviseur ou le père de Latreille, et après on aurait dû quitter le pays clandestinement, de nuit.

Les sujets étaient limités. Thomas avait bien conscience que son silence peinait ses parents, qu'ils se posaient des questions, qu'ils le croyaient incapable de communiquer. Un soir, il avait entendu sa mère dire : « Complètement autiste. » Il avait mis quelques minutes à comprendre qu'elle parlait de lui et ça lui avait fait très mal au ventre.

Il se souviendrait toujours de la fois où maman lui avait offert ses premières Nike. Il avait voulu lui sauter au cou, tellement il était content. Elle l'avait repoussé gentiment en disant : « Tu es grand maintenant. Tu as... tu as de trop grands pieds. » À partir de quelle pointure les garçons ne peuvent-ils plus sauter au cou de leur mère ?

C'est à tout ça que Thomas pensait, le soir du 10 novembre.

Ça s'était mis à déraper quand maman avait demandé à Pauline :

— Au fait, comment s'appelle ta copine, celle chez qui je t'emmène ce week-end ?

Là, il s'était passé deux choses atroces. D'abord, Pauline avait lancé un regard à Thomas. Peut-être pas exprès, mais un regard bien lourd, bien lent, bien significatif. Puis elle avait prononcé, en les détachant, les deux syllabes Es-ther, que Thomas s'était prises en plein crâne comme deux balles dum dum.

Et la deuxième chose, bien sûr, c'était l'inévitable, celle qui le torturait depuis toujours, depuis qu'il était petit, celle qui lui tombait dessus dans les pires moments, de manière à lui montrer que le diable l'avait choisi, lui, Thomas Poupinel, pour qu'il paie les crimes oubliés de ses ancêtres, qui avaient dû en commettre de bien graves, de bien impardonnables, pour que le tourment soit si cruel.

La deuxième chose, donc, c'était le rougissement.

Il avait trouvé le nom savant dans le dico : *érubescence*. C'était bien. Mieux. Ça faisait vraiment maladie. Ça le prenait d'abord aux oreilles, qui devenaient brûlantes comme deux steaks sur le gril. Puis ses pommettes le démangeaient, son cou se couvrait de plaques et, sans la formidable volonté de ses paupières crispées, ses yeux seraient tombés, cuits et larmoyants dans son assiette.

Le rougisseur sent, sait qu'il rougit. Tsunami de sang dans ses joues. Et des sourires hideux fendent les figures des témoins. Il se sent mis en croix, cloué au pilori, envoyé au tableau.

— Hé ! Hé ! dit la voix de M. Poupinel (une voix lointaine, qui paraissait venir du fond d'une tombe), on

31

dirait que ce prénom te fait de l'effet. Tu la connais aussi, Esther ?

Suite du cauchemar : Pauline répondit, affolée par le visage de son frère, qui ressemblait à une créature de *La colline a des yeux* (ces êtres qui vivent sous terre après avoir subi des radiations), Pauline répondit, donc :

— Elle est dans sa classe.

Puis elle jeta un nouveau regard à Thomas, craignant d'avoir révélé quelque chose de grave. Son frère était toujours cramoisi. D'habitude, ça durait moins longtemps. Elle eut peur qu'un truc ne lui pète dans le cerveau. Ça se peut. Même chez des sujets jeunes, avait dit le prof de SVT. Après, on communique avec les seules parties du corps qui bougent encore. La paupière, la narine. Thomas remua la sienne, la gauche. Mais ça ne voulait rien dire. Il le faisait toujours quand il était trop gêné.

Maman, bizarrement, semblait indifférente au drame qui se jouait sous ses yeux.

Mais papa venait de trouver une occasion pour injecter un peu de vie dans cette soirée mourante.

— Elle est dans sa classe ? Tiens donc.

Et là, preuve qu'il irait jusqu'au bout, il se mit à chanter une vieille chanson de dans le temps, dont il mâchouillait les paroles :

> *Un jour enfin tu la verras*
> *Tu n'peux pas te tromper*
> *Tu voudras lui dire « je t'aime »*
> *Mais tu n'pourras plus parler*
> *Elle sera*
> *Belle, belle, belle comme le jour*
> *Belle, belle, belle comme l'amour*

Il se tut.

Bref répit, dans la cuisine embuée par la vapeur des

bettes. Mme Poupinel soupira. Pauline tenta un compliment sur la sauce, que personne n'entendit. M. Poupinel lança un clin d'œil à Thomas qui n'avait toujours pas commencé de reblanchir.

— Elle est mignonne, je suppose, la petite Esther?

Nouveau soupir de leur mère. Finalement, c'était mieux quand elle grondait son mari. Infiniment mieux.

— Franchement, Thomas, insista ce dernier, ça me fait plaisir de voir que tu es capable de t'intéresser à autre chose qu'à tes machines. Finalement, tu es presque humain.

Et voilà, ça y était. Thomas venait de se lever comme un malade, de monter les escaliers quatre à quatre et de claquer la porte de sa chambre, ce qui faisait toujours trembler une souris en porcelaine posée sur le frigo, à laquelle Pauline tenait énormément.

— Je vais lui parler, rigola M. Poupinel en lançant un nouveau clin d'œil sans destinataire précis.

Thomas entendit monter son père. Il tentait de se calmer en dessoudant des chars, à l'aide du canon GAU-8 dans une version démo de DCS A-10C Warthog. La ferraille explosait avec un certain réalisme, qui lui fit du bien.

— Belle, belle, belle, chantonna M. Poupinel qui venait d'entrer dans la chambre et de s'asseoir sur le lit trop bas pour son grand corps maigre.

Ses genoux craquèrent et Thomas eut pitié de lui. Il changea d'écran et décapita au sabre une espèce de mante religieuse qui mourut en faisant des bulles vertes.

— Bon, OK, dit son père. J'ai été lourd. OK. On va pas non plus en faire un fromage.

Il se leva péniblement, s'approcha de Thomas qui sentit son souffle sur sa nuque puis sa main sur son épaule.

— C'est dégueulasse, ces bestioles, commenta-t-il. Mais moins que les bettes, hein? Pas mal, ma ruse pour court-circuiter le repas!

Thomas cliqua, quitta le jeu. Resta muet. Son visage se refléta soudain dans l'écran, et celui de son père parut flotter derrière. En parfaite contradiction avec sa voix joyeuse, ses yeux étaient tristes. Mais c'était peut-être une impression.

— Écoute, reprit-il, d'une voix différente. On rigole, mais tout ça, c'est des questions très sérieuses.

— Je ne rigole pas, articula Thomas.

— Je me souviens très bien de la première fille que j'ai vraiment aimée. Tu vois. Mais vraiment. C'était en mai 1981. François Mitterrand venait d'être élu. Un parfum de rock'n roll flottait dans l'air printanier.

— Papa, s'il te plaît, tais-toi. Je veux rien savoir.

— Bon. Mais si tu as besoin de quelqu'un pour parler, Thomas, je suis là.

— Je sais. J'ai du de travail à finir, là.

— Parfait, conclut M. Poupinel en essayant d'ébouriffer les cheveux de Thomas, mais il y avait un siècle que Thomas portait les cheveux ultra courts, il n'y avait plus rien à ébouriffer, et il regarda brièvement sa main, d'un air surpris.

— Je te laisse, alors, ajouta-t-il en décochant un dernier clin d'œil si appuyé, si crispé que ça lui releva le coin de la bouche, découvrant l'éclat pâle d'une couronne en argent.

Quand M. Poupinel serait mort, son crâne porterait toujours cette couronne. On pourrait le reconnaître à ça. Il ferma la porte et redescendit l'escalier en fredonnant : « Belle, belle, belle... »

Thomas rouvrit *Survivor*, génocida une tribu de droïdes et se sentit mieux.

## 8

Les jours suivants passèrent comme ils purent, jusqu'au week-end. Le samedi, Thomas se fit piler par Pauline au bowling.

Et là, maintenant, on filait vers Esther. Les arbres qui défilaient bordaient la route menant chez Esther. Tous les panneaux indiquaient la maison d'Esther. On cahotait pour Esther.

— Débourrage ? demanda Pauline.

— Ouais, ouais, maugréa Thomas, je sais. C'est l'action de... c'est le fait... c'est quand...

— C'est le dressage préparatoire d'un jeune cheval. Longe ?

— Ben c'est la ficelle qui, enfin, la corde pour.

— Amble ?

— Je crois qu'on arrive, dit Mme Poupinel qui conduisait d'un air fatigué. La Vallée d'Or, c'est ça ?

Ils se garèrent sur un parking cabossé, dont le bitume fendu montrait des craquelures noires. Le paysage était confus. Thomas eut le temps d'apercevoir plusieurs bâtiments sans allure, à base de tôle ondulée. Il y avait aussi pas mal d'arbres, de la boue, de la paille. Des filles toutes pareilles passaient, cheveux tirés, pantalons moulants, longues casquettes pointues. Elles tiraient derrière elles des chevaux colossaux qui tendaient la bouche, montrant leurs dents jaunes.

— C'est juste incroyable ! s'exclama Pauline en sautant de la voiture.

— Je vais vous laisser, indiqua leur mère. Je repasse vers six heures, d'accord ?

— Tu ne veux pas dire bonjour aux gens ?

Mme Poupinel ouvrit grands les yeux, comme tirée d'un rêve.

— Les gens? Ah oui, bien sûr. Où sont-ils?

Justement, une femme brune, l'air gentil, approchait, suivie d'Esther. Cette dernière portait d'informes bottes vert bouteille et un pull flasque criblé d'éclats de paille. Elle était sublime.

— Bonjour, dit la femme. Véronique Camusot. Je suis la maman d'Esther.

Mme Poupinel lui serra la main en montrant Thomas et Pauline. Aucune phrase claire ne sortit de sa bouche. Mme Camusot leur fit la bise, aussitôt imitée par Esther, et Thomas sentit ses oreilles grésiller. Du calme. Il y avait un truc contre le rougissement : retenir sa respiration. Il avait lu ça sur un forum. Il essaya, avala de travers et postillonna sur la joue d'Esther.

— Les enfants s'entendent bien, dit Mme Poupinel.

N'importe quoi. D'où sortait-elle ça? Les enfants! Son vocabulaire n'avait pas été mis à jour depuis vingt ans. C'était toujours la version CE1. Heureusement, Mme Camusot semblait vraiment très gentille, et Esther observait maman d'un air perspicace.

— Esther va s'occuper d'eux. Il y a de quoi visiter. Je vous offre un thé?

Mme Poupinel esquissa un sursaut. Thomas se rendit compte qu'elle n'était vraiment pas dans son assiette, en ce moment. Elle avait parlé d'ennuis au boulot. Son chef, un nouveau, lui créait tout le temps des problèmes. Mais Thomas n'avait pas bien écouté. Il aurait dû. C'était pour ça qu'elle se couchait si tard et qu'elle restait devant son écran. Elle rapportait du travail à la maison.

— Je vous remercie, répondit Mme Poupinel d'une voix pâlichonne. J'ai pas mal de choses à faire.

Et deux secondes après, sa voiture disparaissait derrière le tournant. Ils étaient seuls.

Heureusement, Esther paraissait beaucoup moins distante qu'au lycée. Elle souriait carrément et regardait Thomas droit dans les yeux. Pauline, hypnotisée par les chevaux, planait loin d'eux. Thomas crut un moment que les dieux étaient de son côté, pour la première fois de sa pauvre vie. Ça se confirma quand la mère d'Esther prononça cette phrase, à l'intention de Pauline :

— Est-ce que tu veux venir avec moi au manège ? Il y a une reprise qui commence dans cinq minutes. On va laisser les grands faire leur visite de leur côté.

Les grands ! Hyper humiliant pour Pauline ! Mme Camusot devait s'imaginer qu'Esther avait invité Thomas et qu'ils ne savaient pas comment se débarrasser de la petite sœur collante. D'ailleurs, c'était peut-être vrai.

Thomas se crispa, persuadé que Pauline allait se venger dans l'instant, mais elle se la joua petite sœur cool, ravie, neuneu du premier rang. Elle fit son sourire de quand papi lui donnait un chèque, pour ses bonnes notes, et répondit :

— D'accord, madame. Avec plaisir.

Super Pauline. Thomas perçut toutefois, dans le coup d'œil noir qu'elle lui décocha, qu'il paierait tout ça très cher.

— Tu peux m'appeler Véronique, dit Mme Camusot en l'entraînant vers le manège.

Puis elle fit aux deux autres un sourire over gênant.

Thomas, pour essayer de se calmer, se récitait mentalement tout le vocabulaire du cheval. Il ne s'aperçut pas que ses lèvres remuaient.

— Qu'est-ce que tu fais ? demanda Esther, amusée. Tu pries ?

Il essaya de ricaner.

— Moi ? Pas du tout. Je pense à des trucs.

— Quels trucs ?

— Des trucs. Les longes, par exemple.

— Ah bon ?

C'était mal barré.

Esther se mit à marcher, en direction d'une espèce de petit bois. Ses bottes écrasaient les feuilles jaunes. Thomas la suivit, et prit un air absorbé.

— Est-ce que tu crois qu'il y a quelque chose après la mort ? demanda Esther.

Thomas réfléchit. Cette question était cruciale. S'il répondait mal, elle le prendrait pour un nul.

— J'ai mon idée là-dessus, finit-il par grommeler.

Elle parut satisfaite et, fort heureusement, n'insista pas. Ils marchèrent encore. Le sol était boueux, creusé par les ornières et les traces de sabots.

— Tu sais, reprit Esther, je ne suis pas une fille comme les autres.

Elle rit d'un rire qu'il ne lui avait jamais entendu. Au lycée, Esther ne riait jamais. Là, elle avait un gros rire d'homme, très sexy. Elle toussa, regarda un corbeau et dit :

— Je sais très bien que tu m'aimes.

Une fois, en cinquième, le prof de sport avait été absent pendant au moins un mois, et il avait été remplacé par une petite jeune, très canon, qui leur avait expliqué comment se relaxer dans les moments de stress intense. Il fallait tout simplement se transformer en algue. Flotter mollement. Laisser l'eau des grands fonds ballotter votre corps caoutchouteux. Thomas ferma les yeux, vit passer des bancs de poissons multicolores.

— Qu'est-ce qui t'arrive ? Tu es malade ?

Il rouvrit les yeux. Le visage d'Esther était tout près du sien. Il discerna une coupure, sur sa lèvre.

— C'est Pauline qui te l'a dit ? émit-il, d'une voix très aiguë de dessin animé.

— Donc c'est vrai, conclut Esther. Tu vois, c'est pas la peine d'y passer des heures. Je t'ai fait gagner du temps.

Ils s'étaient remis à marcher. Le sol, sous leurs pas, faisait un bruit de corn flakes broyés. Thomas apprivoisait l'idée que tout était foutu, et que ça valait mieux comme ça. Il pourrait de nouveau se concentrer sur ses objectifs, se familiariser avec l'art de la guerre, en précisant la différence entre un F12 et un E2-C dans *Global Conflict Blue 2* et achever de se persuader, après l'avoir testé à fond, que *Dragon Age 2* était loin de valoir *Dragon Age : Origins*.

Il fut même soulagé en repensant aux bouquins de chevaux.

— Moi aussi, dit Esther, je suis amoureuse de toi.

Une pie passa, secouant la futaie. Sans la moindre explication logique, le cerveau de Thomas forma l'image d'un camembert. M. Poupinel adorait le camembert.

— Je sais à quoi tu penses, dit Esther, mais c'est non. Je ne suis pas comme les autres, je te l'ai dit.

Thomas continua de regarder ses pieds qui shootaient dans les feuilles, en cadence. Ils lui semblaient lointains et rassurants. Fidèles. Mais bientôt, Esther s'arrêta, au milieu d'une clairière ronde et rousse. Elle s'assit sur une pierre moussue et lui fit signe de la rejoindre. Il prit place à côté d'elle. La pierre était froide et humide. Esther le regarda, avec un air fâché de parent qui met les choses au point :

— On ne va pas se pointer au lycée lundi, main dans la main, ni s'embrasser dans les couloirs, ni s'envoyer des sms.

À chaque virgule, elle donnait un coup d'index sur la poitrine de Thomas. Il acquiesça, tétanisé.

— On ne va pas non plus aller au ciné et se rouler des pelles pendant tout le film, on n'ira pas en boîte, on n'ira pas bouffer au McDo pour se faire goûter un bout de notre burger, on ne se bourrera pas la gueule dans le garage du pote qui fête son annive quand ses parents sont partis.

Thomas se demanda ce qu'il restait comme options. Prier ensemble dans un monastère en ruine ?

— Je ne suis pas comme les autres, répéta Esther. J'attends quelque chose de l'amour, tu vois ?

— Je vois très bien, mentit Thomas.

— Tu as entendu parler de l'amour courtois?

Il se rappela confusément Mme Cigognac, la prof de français de cinquième, qui leur expliquait des trucs chiants et compliqués sur le Moyen Âge, des textes en vieux français avec des mots écrits n'importe comment, et des descriptions cucus de gentes dames. Genre version pour mômes de *Dofus*.

— C'est ça que j'attends de toi, dit Esther. De l'amour courtois. Ça veut dire que si tu m'aimes vraiment, tu dois me conquérir. Tu dois accomplir une épreuve. Une véritable épreuve. Une épreuve terrible.

Thomas supposa un instant qu'on se foutait de lui. Et si Pauline était derrière tout ça? Une épreuve! On était où, là? C'était quoi? La maternelle? Bac à sable attitude?

— D'accord, articula-t-il.

— En fait, précisa Esther, le Thomas que j'aime, il est encore caché. Il est prisonnier. Tu l'empêches de venir au monde.

— Moi? J'empêche qui de quoi?

— Le vrai Thomas. Tu le bloques, à cause de tes jeux débiles sur ordi.

Et voilà. Leur vie de couple n'avait pas encore commencé, et on en était déjà aux insultes. Vingt ans de gagnés.

— Tu es complètement enfermé dans ce monde virtuel, Thomas. Tu fuis la vraie vie. Tu fuis le vrai Thomas, celui que j'aime.

C'était vraiment foutu, cette fois. Elle avait dû lire les pages psycho du magazine féminin de sa mère. « Mon ado est un geek. »

— Alors je te propose la plus dure des épreuves. La plus douloureuse des aventures. Un mois entier sans écran. Sans ordinateur, sans iPod, sans téléphone portable, sans télé. Tu ne joues plus, Thomas.

Quelqu'un hennit, au loin. Thomas fixait un tronc

noueux et ridé. Tout à coup, Esther fut contre lui. Tout près. À un centimètre. Ses lèvres frôlèrent les siennes. Elle avait une haleine à la framboise. Pendant moins d'une seconde, ses seins touchèrent son torse. Puis elle s'éloigna.

— Si tu réussis, je serai à toi.

Il reconnecta lentement son cerveau, régla les fonctions de base, rythme cardiaque, respiration, volume de la voix, bougea une main pour voir s'il savait encore le faire, puis essaya de se rappeler comment on parlait. Enfin, de sa bouche endolorie parvint douloureusement à s'extraire ceci :

— Hein ?

Long silence.

— Tu as le droit de refuser, précisa Esther.

Thomas leva les mains et les secoua tout en hochant la tête.

— Mais si tu acceptes, reprit Esther, Pauline se chargera de te surveiller. Si tu triches, ne serait-ce qu'une seule fois, si tu faillis, elle me le dira aussitôt. Dans un mois, c'est elle qui me confirmera que tu es sorti vainqueur de l'épreuve.

— Attends, protesta Thomas d'une voix blanche. Je peux pas expliquer un truc pareil à Pauline. Elle va trop se foutre de ma gueule.

— Pas la peine. Je lui en ai déjà parlé. Elle est d'accord.

– 9 –

— Non, dit Pauline.

Thomas ramena péniblement vers lui sa main droite, dont l'index avait failli presser le bouton « marche » de son ordi.

— Mais c'est pas pour jouer ! C'est pour mon fran-

41

çais ! J'ai une disserte ! Je veux juste me connecter cinq minutes sur le site des corrigés en ligne.

— Non, répéta Pauline en tournant une page. Tu prends un crayon, une feuille et tu fais ta disserte.

Thomas regarda sa main. Le besoin de presser le bouton « marche » était presque douloureux. Il voulait la légère résistance du bouton, le son des ventilos qui se déclenchaient, le vrombissement du disque dur, et puis le défilement impeccable des écrans successifs.

— Pauline, si je me connecte pas ce soir, je vais foutre une zone monstre sur le réseau. On m'attend pour l'assaut final sur *Kirkwall*. C'est moi qui ai pris le commandement. Quinze jours qu'on prépare l'opération.

— C'est ça, le sujet de ta disserte ? L'assaut final ?

— Et si j'apparais pas sur Facebook, tous les potes vont se demander ce qui se passe. J'aurais au moins dû les prévenir que j'étais malade, pour les rassurer !

— Non, répéta Pauline pour la quarantième fois, d'une voix de plus en plus mécanique.

Thomas rattrapa sa main, qui rampait toute seule vers l'ordi.

— Écoute. Voilà ce qu'on va faire. Tu te connectes, toi, tu vas sur mon mur et tu regardes les conversations. Tu leur dis que...

— Non.

— Ma boîte vocale. Il faut juste que j'écoute ma boîte vocale !

Pauline soupira.

— Écoute, si tu veux, j'appelle Esther, et on annule tout. Ça ira plus vite.

Thomas serra les poings.

— Mais pour qui elle se prend ! hurla-t-il. Une épreuve ! Non, mais attends ! Et elle, c'est quoi, son épreuve ? Est-ce que je lui demande de ne plus approcher un canasson pendant un mois ? Tu crois qu'elle ferait ça pour moi ?

— Ça n'a rien à voir, expliqua patiemment Pauline. Ce n'est pas la Dame qui subit l'épreuve. C'est le chevalier.

— Le chevalier! Arrête! Me fais pas rigoler. Le chevalier! Il lui manque une case, à cette fille. C'est ça, le truc.

— Tu lui as dit? Qu'il lui manquait une case? Tu veux que je l'appelle pour lui expliquer ce que tu penses d'elle?

Thomas lui lança un regard inquiet, et se calma.

— Non, mais on n'a pas idée, quand même. Les chevaliers, les Dames. À quelle époque elle vit?

— C'est pas toi qui passes tes soirées à lancer des assauts contre des donjons?

Un silence total, effrayant, épouvantable s'abattit. Pas le moindre vrombissement de processeur, pas de discrets crépitements d'électricité statique nappant la surface bleutée de l'écran, pas de clics. La pure préhistoire.

L'exaspérant frottement des pages lentement tournées par Pauline prenait, dans ce néant sonore, un relief insupportable.

C'est ce moment que M. Poupinel choisit pour ouvrir la porte de la chambre, après avoir frappé deux coups brefs. Le silence le saisit, et il mit quelques secondes à comprendre que l'ordinateur était éteint. Interloqué, il le montra du doigt.

— Panne? s'enquit-il.

— Non, dit Pauline. Il...

— Oui, dit Thomas. Panne. Je réparerai demain.

M. Poupinel n'insista pas. D'ailleurs, il avait visiblement d'autres préoccupations. Il amorça un sourire puis jeta un coup d'œil inquiet derrière lui et referma la porte. Ensuite, il leur fit signe d'approcher et tira de sa poche une boîte minuscule, recouverte de velours fuchsia.

— Venez voir, chuchota-t-il en roulant des yeux, comme quand il se déguisait en Père Noël, jadis.

Il ouvrit lentement l'écrin et fit apparaître une bague,

lovée entre deux mini coussins satinés. Pauline en eut le souffle coupé.

— C'est pour maman, bien sûr ? tenta-t-elle.

— Eh oui. Ton avis ?

Pauline saisit délicatement le bijou et l'approcha de son œil. Des machins brillaient. Elle resta silencieuse puis rendit son verdict :

— Elle est juste incroyable.

— Mais c'est pas son anniversaire, grinça Thomas qui avait envie d'être désagréable.

Papa rangea la bague et referma l'écrin.

— Non, confirma-t-il en plissant son front. Mais c'est pour essayer de...

Il cherchait ses mots. Thomas remarqua que le diamètre de sa calvitie avait bien pris un ou deux centimètres.

— C'est pour essayer de lui remonter le moral. Je crois qu'elle en bave pas mal à son boulot, en ce moment. À cause d'un abruti de petit chef.

— Elle est en dépression ? demanda Pauline, pleine d'espoir.

Elle était un peu jalouse de sa copine Loreena, qui frimait parce que sa mère passait ses journées au lit, à pleurer.

M. Poupinel sursauta.

— En dépression ? Pas du tout ! Mais elle est surmenée. Il ne faut pas lui en vouloir. Je me suis dit que cette bague pourrait...

— C'est génial, confirma Pauline.

Et elle se jeta dans les bras de son père, avec un gloussement grotesque. Thomas soupira, les yeux rivés sur son écran vide.

— La voilà ! signala-t-il en entendant la porte d'entrée s'ouvrir.

D'un même élan, papa et Pauline sautèrent sur leurs pieds.

— Venez avec moi, les enfants.

Il n'avait pas l'air très sûr de lui. Il s'engagea dans l'escalier, suivi de Pauline. Peu convaincu, Thomas leur emboîta le pas.

La catastrophe commença illico.

— Qu'est-ce qu'on mange ? demanda Mme Poupinel d'une voix aigre en enlevant son manteau.

Les trois autres se figèrent à la queue leu leu dans l'escalier, comme pour une photo de famille ringarde.

— Je pose la question, insista maman. Qu'est-ce qu'on mange ?

Silence polaire. On était mal. On était vachement mal.

— Personne ne sait ce qu'on mange, reprit-elle d'une voix qui faisait très peur, comme celle des bonnes femmes qui animent les après-midi conte dans les médiathèques.

Elle ajouta :

— Personne ne le sait. Trop vulgaire. Trop sordide !

Elle avait l'air d'avoir sniffé quelque chose.

— Papa t'a acheté un cadeau, dit Pauline qui paniquait direct quand s'esquissait la moindre dispute entre les parents.

Leur mère se tut et son regard se posa sur son mari. Elle fronça les sourcils en voyant la boîte. M. Poupinel tâcha de soulever les coins de sa bouche pour former un sourire, avec une énergie désespérée d'haltérophile. Pauline réprima un sanglot. Mme Poupinel attrapa l'écrin, l'ouvrit et resta muette pendant trois ans.

Puis elle leva les yeux, sans regarder personne.

— Je suis désolée.

Ensuite, elle se mit à pleurer, aussitôt imitée par Pauline. Puis elles montèrent l'escalier à toute vitesse, et l'on entendit claquer des portes.

— Elle a quand même pris la bague, fit observer Thomas.

— Ouais, admit son père, perplexe.

Ils se turent. Papa s'assit sur la première marche de

l'escalier et se massa les tempes. Au bout d'un moment, Thomas demanda :

— Tu pourrais pas m'aider, papa ? J'ai une disserte à faire. J'y arrive pas.

M. Poupinel leva la tête et examina son fils comme si un tentacule lui était poussé au milieu du front.

— Une disserte ?

— Oui. En français.

— Pas de problème. C'est quoi, le sujet ?

— La fonction de l'art et plus particulièrement de la littérature est-elle, selon vous, d'embellir la vie ?

M. Poupinel prit un air très concentré.

— Il me semble que Bob Dylan aborde exactement cette question dans « Subterranean Homesick Blues ». Indirectement, bien sûr. Viens, avant toute chose, on va écouter la chanson ensemble, et la traduire.

Résigné, Thomas suivit son père au salon.

La soirée serait longue.


– 10 –


Mais le lundi fut bien pire.

Comme il s'y était attendu, Thomas fut assailli par la masse des gens qui jouaient avec lui sur différents réseaux : ses partenaires de *Shogun*, les officiers de sa garde rapprochée dans *Dawn of War II, Retribution*, et même deux de ses ennemis mortels sur *Brotherhood* qui, privés d'adversaire la veille, s'étaient sentis abandonnés, et avaient dû se bousiller entre eux.

— Ben qu'est-ce qui se passe ? T'étais où ?

— T'étais mort ou quoi ?

— Au début, j'ai cru que t'étais juste *away from keyboard*, et au bout d'une heure, j'ai compris que t'étais carrément *out*. Encore un coup comme ça et on est virés du clan. T'as vu le mal qu'on a eu pour y entrer ?

Thomas secoua la tête, comme pour se débarrasser d'un nuage de bestioles.

— Du calme, les gars. J'ai eu des problèmes. Ma machine est grave en rade. Tout d'un coup, ça s'est mis à sentir le brûlé genre Jeanne d'Arc, j'ai regardé sous le capot, putain, c'était le 11 Septembre, là-dedans. J'ai débranché deux secondes trop tard. Le process a toasté.

Silence angoissé des copains, regards intenses. Un soleil fatigué colorait la façade moisie de l'internat garçons.

— La carte mère est niquée, annonça Thomas en baissant les yeux.

Les autres secouèrent la tête, partageant son affliction.

— Putain, compatit un type, frissonnant à l'idée qu'une chose pareille puisse un jour lui arriver.

Un souffle froid passa sur le bitume de la cour. Les copains cherchaient en vain des mots de réconfort.

— Je connais quelqu'un qui peut t'avoir des cartes mères d'occase, par un site russe, je crois.

Thomas fit non de la tête.

— Tant qu'à faire, je change de machine, mon père a peut-être un plan aux States pour un PC nouvelle génération, carte mère Gigabyte, processeur i8 extreme edition, carte graphique quadro fx.

— Putain ! s'extasia le type.

— Mais en attendant, faut que je cartonne en cours. C'est pour ça. J'ai passé du temps sur ma disserte.

— C'est clair, conclut quelqu'un.

— Tu pourrais pas jouer sur le PC de ta sœur ? tenta le type, dont l'avatar, englué dans un marécage d'*Apox*, attendait désespérément que celui de Thomas vienne à sa rescousse.

— Tu rigoles, j'espère ? lâcha Thomas.

Ça sonna. Il monta en cours, l'air grave et contrarié.

Plus loin, il aperçut Esther qui lui adressa un sourire presque invisible, en parlant à Livie Bergounioux, une intello grunge. En approchant de la salle de français, il remarqua tout de suite quelque chose de pas normal. Le silence. Le couloir était quasiment silencieux. Les élèves, au lieu de s'affaler en tas informes le long des murs, écouteurs sur les oreilles, ou de se poursuivre en faisant claquer les portes, s'étaient regroupés devant leurs salles, et lançaient des regards inquiets par-dessus les têtes des autres. Un pion barbu à dreadlocks qui animait le club djembé, d'ordinaire cool, fronçait sévèrement ses sourcils très fournis.

Devant la salle de français, outre Mme Friol, Thomas vit le proviseur et un grand individu inconnu, crâne rasé, tee-shirt *Rage against the machine* tendu à mort sur des pectoraux trop gras. Quand tout le monde fut arrivé, le proviseur ouvrit la porte et invita les élèves à entrer, d'un bref mouvement de tête. Thomas eut l'impression que Crâne Rasé le dévisageait quand il passa devant lui.

Tout le monde s'assit sauf Latreille, qui demeura presque au garde-à-vous, au premier rang.

— Je constate, articula le proviseur, qu'un seul d'entre vous possède encore le sens des convenances et du respect dû aux adultes. Levez-vous, je vous prie.

Le proviseur avait une voix étrange. Si les hamsters parlaient, ils auraient un peu cette voix-là. Tout le monde se leva. D'habitude, les cours de Mme Friol commençaient toujours avec dix bonnes minutes de retard, le temps qu'elle parvienne à faire plus ou moins taire la classe, à coups de punitions qu'on ne lui rendait jamais. Mais ce jour-là, le silence fut d'emblée total. À l'avant-dernier rang, Thomas contemplait tous les dos alignés, les nuques et l'arrière des oreilles. Entre deux têtes, il vit briller l'œil noir de Crâne Rasé, qui mâchait un chewing-gum, au mépris du règlement intérieur, comme une preuve supplémentaire de sa toute-puissance.

— Restez debout, ordonna le proviseur.

Mme Friol, que Thomas n'avait pas encore regardée, portait des lunettes noires et se rongeait le pouce gauche. Son pantalon ne lui allait pas.

— Je ne crois pas qu'il soit très utile de rappeler les faits, dit le proviseur. Les voici : une vidéo scandaleuse et offensante pour votre professeur de français a été mise en ligne, sur l'Internet. Nous avons la certitude que les images ont été prises par un élève de cet établissement.

Mme Friol rougit.

— Ces actes sont graves et passibles de poursuites judiciaires. Sachez-le. Mme Friol a immédiatement porté plainte, et son mari, M. Friol, ici présent, a tenu à s'adresser solennellement à vous. Je lui cède la parole.

Le proviseur fit un geste rond vers Crâne Rasé, comme pour l'inviter à danser. Celui-ci cala son chewing-gum dans une joue, d'un coup de langue sec, et dit ceci :

— Quand j'aurai chopé l'espèce de saloperie qui a fait ça, je lui ferai bouffer son téléphone portable et ça sera long parce qu'il aura plus de dents.

Le silence retomba, encore épaissi. Le proviseur eut l'air surpris, toussa, et reprit la parole.

— Ce que M. Friol cherche à exprimer devant vous, c'est la colère, la douleur, la...

— Je lui ferai bouffer sa saloperie de race, précisa M. Friol.

Un sourire avorta sur les lèvres blanches du proviseur.

— Quoi qu'il en soit, ajouta-t-il, nous savons parfaitement que certains d'entre vous maîtrisent parfaitement la technique des ordinateurs. Et il est bien regrettable, soit dit entre nous, que ces talents soient mis au service de pareilles...

— Saloperies, termina M. Friol qui n'avait pas l'air de posséder beaucoup de vocabulaire pour un mari de prof de français.

— Nos soupçons, dit le proviseur, se portent d'abord sur ceux qui sont connus pour ce genre de compétences.

Et il jeta un regard très long à Thomas.

— Je convoquerai et interrogerai moi-même ceux sur lesquels j'ai déjà ma petite idée. Qu'ils n'imaginent pas une seconde, si leur culpabilité est démontrée, demeurer un jour de plus dans mon établissement.

Puis, craignant que M. Friol n'ajoute quelque chose, il hocha deux fois la tête, mécaniquement, serra la main de Mme Friol et s'effaça pour laisser passer le mari qui sortit avec une extrême lenteur, les yeux toujours braqués sur la classe. Quand la porte se fut refermée sur eux, Latreille demanda si on pouvait s'asseoir, maintenant.

— Naturellement, Ludovic, répondit Mme Friol, d'une voix spongieuse.

Ensuite, elle ramassa les dissertations. Thomas lui rendit la sienne, presque entièrement rédigée par son père, truffée de citations de poètes beatniks et de paroles en anglais. Elle n'accorda aucune attention à l'épaisse copie et fit une moue en regardant Thomas, qui eut la certitude qu'il était suspecté. Sa réputation de nolife le perdrait. Il se sentit furieux contre Latreille, contre Mme Friol, contre ses parents, contre Pauline, et même un peu contre Esther. Jérémie, à côté de lui, fignolait un portrait très réussi de M. Friol en Obélix, qui ne le fit même pas rire.

Il boudait encore, quand commença le cours suivant, celui de M. Verdier, le prof d'histoire. Pourtant, d'habitude, Thomas aimait bien les cours de M. Verdier. Il racontait les batailles et leur passait souvent des films. C'était un grand homme maigre avec un grain de beauté noir sur la gauche du front. Il était délicatement fou, comme tous les profs. Son truc à lui, c'était de chronométrer : «Allez-y, disait-il en dégageant, d'un geste sec, son poignet osseux où brillait une énorme montre. Allez-y, répondez à la question. Vous avez trois minutes, pas une seconde de plus. Top, c'est parti. » Du coup, tout le monde grattait à toute vitesse. C'était bien.

Ce jour-là, M. Verdier leur ordonna de se rendre en salle 113.

La salle informatique.

Thomas soupira. On allait devoir faire des recherches sur Internet. Constituer un dossier. Il avait horreur de ça. Sans réfléchir, il suivit le flot et se retrouva devant un poste.

— Vous allez vous rendre à l'adresse que je vous indique, expliqua M. Verdier. Vous y trouverez différentes archives cinématographiques relatives à l'Occupation. Après les avoir visionnées, vous répondrez au questionnaire que j'ai mis sur le réseau, dans le répertoire commun. Cet exercice me permettra de valider un item important pour votre Brevet informatique. Allez-y. Vous avez trente minutes.

Thomas s'apprêtait à taper l'adresse, quand il croisa le regard d'Esther.

Et il se figea.

Un mois sans écran. Sans aucun écran.

Tout à coup, sa colère le reprit. C'était n'importe quoi, cette histoire. Pas d'écran. Très bien. Elle allait voir.

Il fit pivoter sa chaise et tourna le dos à l'ordinateur. Puis il se nettoya soigneusement les ongles.

— Qu'est-ce qui se passe, Poupinel, ça ne marche pas? s'enquit M. Verdier, surpris.

— Je sais pas, maugréa Thomas. Je peux pas le faire.

M. Verdier jeta un coup d'œil réflexe à sa montre et haussa les sourcils. C'était peut-être la première fois de l'année qu'il entendait la voix de cet élève rêveur mais discret et poli.

— Vous ne pouvez pas le faire? Je ne comprends pas.

Il paraissait inquiet.

— C'est le sujet qui vous dérange? L'Occupation?

— Non, non. Laissez tomber, je le ferai pas.

Esther s'était redressée sur son siège et lui lançait un drôle de regard, en secouant doucement la tête. M. Verdier, s'apercevant que tout le monde le fixait, devint rouge de rage.

— Que je laisse tomber? Vous vous croyez où? Dans la cour de récré? Expliquez-vous immédiatement, Poupinel!

Thomas secoua la tête.

— Pourtant, glissa Latreille, l'informatique, c'est son truc. Hein, Thomas que tu fais des trucs chouettes avec ta machine?

Tartine gloussa.

— C'est pas un film sur Internet qui va te faire peur, hein, Thomas? insista Latreille.

M. Verdier inclina la tête, soupçonneux.

— Que voulez-vous dire, Latreille?

Latreille prit un air de poussin mouillé.

— Rien, répondit-il. Rien du tout. D'ailleurs, moi, je n'y connais rien. Qu'est-ce qu'il faut faire, déjà?

Il tapa n'importe quoi sur le clavier.

— Latreille, si vous avez quelque chose à dire, dites-le carrément, s'énerva M. Verdier.

— Ah, non, répondit Latreille. La délation, c'est pas mon truc. On n'est plus sous l'Occupation.

Tartine et quelques crétins rigolèrent. M. Verdier se mit à crier en tapant sur sa montre avec son index. Tout le monde plongea le nez dans son écran sauf Thomas qui écopa de quatre heures de colle.

En sortant, Esther s'approcha de lui. Thomas avala sa salive.

— Je te demandais pas d'aller jusque-là, murmura-t-elle.

— Ben quoi? répondit Thomas. C'est une épreuve ou c'est pas une épreuve? On va pas faire les choses à moitié.

Au début, il avait juste voulu se rebeller contre les tourments inhumains que lui imposait Esther. Mais maintenant qu'il parlait avec elle, il se sentait très fier de lui.

Elle sourit.

— Les profs te soupçonnent, pour l'histoire de Mme Friol. Si on t'accuse, je dirai que c'est Latreille.

— Ne fais pas ça. Tu sais qu'il peut se venger.

— De toute façon, la police va enquêter. Ils vont trouver que c'est lui qui a mis la vidéo en ligne.

— Tu rigoles? Tu crois qu'ils vont mettre des flics sur le coup? Et d'ailleurs, je suis sûr qu'il a pris ses précautions. Il a peut-être *uploadé* le film chez quelqu'un d'autre ou depuis un cybercafé. Tu peux être sûre qu'il y a plus aucune trace.

— Qu'est-ce que tu vas faire, alors?

— Je sais pas, moi. Du cheval?

Elle sourit encore plus.

— Tu es mignon, commenta-t-elle. Quand tu essaies de faire de l'esprit, tu as l'air très concentré. Comme ma jumelle.

— Ta jumelle? Tu as une jumelle?

Cette révélation ouvrait des perspectives absolument insondables. Deux Esther! Mais pourquoi n'en avait-elle jamais rien dit? Où était l'Autre? Et si elles se relayaient pour venir en cours? Ou mieux, si Esther envoyait sa jumelle au lycée tandis qu'elle-même s'entraînait pour les championnats? C'était peut-être le secret de son talent incroyable! Mais de qui Thomas était-il amoureux, alors?

La tête lui tourna.

— Oui, confirma Esther. Mais pas comme tu crois. Je peux pas t'en parler. Tu comprendrais pas.

Thomas sourit. Il comprenait parfaitement, au contraire. C'était encore un truc de fille. Pauline aussi, s'était inventé une jumelle, pendant des années. Un double. Un clone. Elles se parlaient au lit. Puis ça lui était passé, elle avait reporté son amour gémellaire sur la souris en porcelaine du frigo.

Pas étonnant qu'Esther et Pauline s'entendent si bien.

Le soir, quand il prit le bus, Thomas se dit que ce lundi n'avait finalement pas été si catastrophique.

Enfin si.

À cause du soir.

C'était au repas. Décidément, les repas du soir n'allaient pas tarder à devenir carrément insupportables. Cette fois, ce ne fut pas à cause d'une dispute des parents. Au contraire. Ils paraissaient unis, justement. Et c'était encore pire. Leur père dessinait avec sa fourchette des boulevards concentriques dans sa purée de céleri, et leur mère décortiquait une miette de pain au levain.

Tous les deux levèrent les yeux en même temps, comme des créatures du démon, et scrutèrent le visage de Thomas.

« Ça y est, pensa-t-il. Le proviseur a appelé. On va venir m'arrêter. »

— Thomas, dit M. Poupinel. On a un truc à te dire.

Mme Poupinel serra les mâchoires, ce qui avait toujours pour effet de creuser ses joues et de faire saillir ses yeux.

— Le lycée, poursuivit M. Poupinel, nous a filé des codes d'accès pour aller consulter tes notes sur Internet.

C'était un cauchemar.

— Je suis allé voir, par curiosité, tout à l'heure, et qu'est-ce que j'ai vu ? Tu peux me dire ce que j'ai vu ?

Thomas ne répondit pas. Pauline lui lança un regard désolé. Elle renversa son verre d'eau pour faire diversion mais personne n'y prêta attention, et elle passa un quart d'heure ensuite à éponger parce que l'eau avait ruisselé partout, détrempant des croûtes.

— 8 en maths, 9 en français, 7 en physique, énuméra leur père. On peut avoir une ébauche d'explication ?

Maman paraissait distraite. Comme si elle se forçait. Mais elle pensait visiblement à autre chose.

— Je vais t'en donner une, d'explication, moi, reprit M. Poupinel. L'explication, c'est l'ordinateur.

— Tu passes ton temps devant, confirma Mme Poupinel.

Ils s'arrêtèrent. Ils détestaient réprimander leurs enfants, et leurs efforts pour être sévères agaçaient Thomas. Il se leva avant qu'ils aient repris la parole, coupa tout de suite la discussion, en montrant ses paumes.

— OK, dit-il, d'une voix si bizarre qu'elle effraya tout le monde. OK. J'arrête.

— Tu arrêtes ? répéta son père, interloqué.

— J'arrête l'ordinateur. J'arrête la télé, j'arrête, le portable, j'arrête tout.

Les parents se regardèrent.

— Mais à une condition.

Pauline cessa d'éponger. Au fond, elle admirait vachement son frère. Il avait un sens génial du suspense. Elle se félicita secrètement de n'être pas fille unique, malgré son obstination à prétendre le contraire.

— Quelle condition ? demanda leur mère d'une voix timide.

Elle n'avait plus du tout l'air d'être ailleurs. Thomas la regarda dans les yeux.

— Vous aussi, vous arrêtez.

Silence, regards.

— Pardon ? demanda Mme Poupinel en affichant un étonnement super mal joué.

— Ben oui. Vous arrêtez l'ordi, vous aussi. Papa, tu arrêtes de glander sur des sites de musique et d'envoyer des blagues pourries à tes potes, tu arrêtes ton blog que personne ne lit sur les groupes de filles des années soixante. Maman, tu arrêtes eBay, Facebook, les mails à tes copines et les dossiers pour le boulot.

M. Poupinel fut stupéfait. Il ouvrit une drôle de bouche, comme si ce n'était pas la sienne et qu'il ne savait pas bien s'en servir.

— Comment ça, personne ne lit mon blog ?

— J'ai regardé les statistiques. Tu as une visite par jour : toi. Et, des fois, ton pote Jocelyn.

Pendant un moment, on n'entendit plus que l'éponge de Pauline qui essayait d'attraper une flaque cachée derrière le dessous-de-plat en céramique.

— Arrête ! hurla Mme Poupinel. C'est agaçant, ce bruit !

Pauline sursauta et ses yeux se noyèrent aussitôt de larmes. Elle détestait la violence.

— Thomas a raison, dit M. Poupinel avec sa bouche de d'habitude. Il a complètement raison.

Sa femme le regarda comme s'il s'était changé en ragondin.

— Il a raison, réexpliqua M. Poupinel. On est tous drogués dans cette baraque. On est tous devenus des...

Il chercha le mot et, à la place, dessina un truc informe avec les mains. Un truc inerte et triste.

— Il faut qu'on redevienne comme avant.

— Avant quoi ? demanda maman d'un ton ennuyé.

— Avant l'ordinateur. On va reformer la famille. Ce soir, on éteint les écrans.

Il paraissait exalté, ce qui n'annonçait généralement rien de bon. Maman poussa une sorte de rire, assorti d'une grimace.

— Non, mais tu rêves, ou quoi ? Parce que Thomas se paye des sales notes, on va tous céder à son caprice ? C'est comme ça que tu l'éduques ? On est tous à égalité, c'est ça ? Les enfants, les adultes, tous pareils ? C'est comme ça que tu penses leur donner des repères ?

M. Poupinel hochait la tête en cadence pendant que

son épouse parlait, pour montrer qu'il avait déjà prévu ses objections.

— Quand un gamin a raison, je l'écoute. Ses sales notes, c'est le signal d'alarme. Donc ce soir, on débranche. On déconnecte. On revient à nous.

Mme Poupinel se leva d'un coup, et une grosse veine apparut sur son front.

— Non, mais attends ! Tu crois que tu vas décider pour moi ? J'hallucine !

— Ma chérie, modula papa en lui attrapant délicatement le poignet, pour empêcher une éventuelle beigne, tu ne vas pas me dire que tu ne peux pas te passer d'eBay pendant un mois ? On essaie de tenir un mois, d'accord ?

Un mois, c'est parfait, pensa Thomas.

— Hors de question ! cria Mme Poupinel. Je bosse avec mon ordi, figure-toi ! Mon chef me file du taf à finir à la maison ! Je suis sous l'eau ! Complètement sous l'eau !

— Justement, répondit M. Poupinel avec un calme déconcertant. C'est anormal. C'est du harcèlement. Au besoin, j'irai rappeler à ce monsieur l'existence du code du travail.

Et avant que quoi que ce soit d'autre ait eu le temps de se passer, il se leva et disparut. Moins de trois minutes plus tard, il revenait, serrant dans ses deux mains un tas de câbles d'alimentation et de batteries de portables.

— J'ai tout débranché. J'enferme les cordons dans mon coffre.

Il possédait une grosse boîte métallique à cadenas, dans son bureau, dans lequel il lui était arrivé de boucler certains objets confisqués. Pauline et Thomas avaient depuis longtemps un double de la clé. Il repartit. On entendit le choc du couvercle et le claquement du cadenas. Quand il revint, maman paraissait anéantie.

— C'est n'importe quoi, soupira-t-elle en se frottant la joue. On est en plein délire.

— Non, dit M. Poupinel. Justement. Le délire est fini. Débarrassez la table, j'ai une surprise pour vous.

Il ressortit, en clignant de l'œil. Sa femme ne bougea pas. Ses dents attaquaient maintenant les peaux qui bordaient l'ongle, et Thomas détourna les yeux. Pauline et lui vidèrent dans la poubelle le contenu des assiettes qu'ils disposèrent dans le lave-vaisselle. Ils rangèrent tout, astiquèrent la table sauf la zone occupée par le coude de leur mère, qui semblait hypnotisée par son reflet dans la vitre du four.

Quand leur père revint, il tenait quelque chose caché derrière son dos.

— Asseyez-vous autour de la table.

Quand ce fut fait, il éteignit la lumière. On l'entendit s'asseoir et poser un objet lourd.

— Ce que vous allez voir, dit sa voix, va nous ramener plusieurs années en arrière, à l'époque où on faisait des trucs tous ensemble, où on rigolait, où on était une vraie famille. Ce soir, on redevient la famille Poupinel.

Il ralluma.

Au milieu de la table trônait une grande boîte plate en bois verni.

Le jeu de petits chevaux offert par papi et mamie pour les trois ans de Thomas.

— Je commence ! cria M. Poupinel en lançant le dé. Je sens que la chance est avec moi, ce soir.

– 12 –

Le lendemain, dès son arrivée dans la cour, Thomas fut assailli par Dylan Brodel et par Alexis Jaubard. Le premier avait triché dans *Call of Duty 2*. Il avait utilisé un *aimbot* qui lui permettait de positionner le viseur directement sur la tête des adversaires. Mais le modérateur l'avait repéré et il risquait d'être rétrogradé au niveau *med* alors qu'il frisait le *high+* . Le second, c'était pire. Il avait créé, avec l'aide de Thomas, un serveur illégal pour *Dofus*, et l'avait mis en ligne, ce qui lui permettait de jouer gratuitement. Mais il venait de recevoir une lettre d'avertissement de la maison mère, qui le menaçait d'une amende de 500 000 €. Les deux étaient surexcités, malades de trouille.

— Thomas, faut que tu m'aides. Tu peux trouver un truc pour brouiller mon IP ? Tu l'as déjà fait pour Brice. Tu passes ce soir à la maison ?

— Faut qu'on désinstalle le serveur fissa et qu'on efface toutes les traces, la banque de données, les codes. Il paraît qu'ils mettent des mouchards dans la machine. Si mes parents l'apprennent, je suis bon pour passer l'été chez ma tante, dans la Creuse. Viens coucher chez moi ce soir, je dirai qu'on doit bosser un devoir de maths.

Thomas, qui avait aperçu Esther sirotant son jus de mangue près d'un pilier, s'efforçait de se débarrasser d'eux, se tortillant, secouant la tête.

— Je peux pas. Je suis désolé, je peux pas.

— Attends, tu vas pas me laisser tomber. C'est toi qui m'as filé tes trucs de hacker. Maintenant je suis dans la merde.

— Et moi ? T'as insisté pour m'entraîner dans ce serveur à la con, tout ça pour économiser que dalle ! T'as voulu frimer, montrer que t'étais le meilleur. Maintenant faut assumer.

C'était absolument exact. Thomas était un hacker exceptionnel. Un pirate. Il n'avait pas son pareil pour craquer les codes, dégoter les sites regorgeant d'informations précieuses pour se hisser à peu de frais aux niveaux supérieurs. Grâce à lui, Jaubard en était à 193 sur 200 dans *Dofus*, alors que quand il l'avait connu, c'était un misérable *nooby*, un débutant. Thomas lui avait permis de ne passer, selon un compteur qu'il lui avait installé, que 750 heures sur le jeu, au lieu des 1 000 habituellement nécessaires pour atteindre ce *level*. Il s'y connaissait bien en programmation, savait s'introduire dans les boîtes mail, créer des identités fictives qui avaient permis à des potes moches de rejoindre, sur Facebook, le groupe d'amis de certaines filles trop canon. Thomas était une star, ce qui expliquait largement l'animosité de Latreille à son égard.

— Je peux pas, répéta-t-il, se frottant la glotte, sans quitter des yeux Esther, dont il devinait maintenant le sourire. J'ai un problème. Un gros problème.

Les deux garçons s'arrêtèrent.

— Qu'est-ce que t'as ?

Thomas baissa la tête et y attrapa la première idée débile qui passait.

— Une tumeur. Vous le dites à personne.

— Une tumeur ?

— Oui, une tumeur de... du nerf optique. C'est dû aux radiations, enfin, aux rayonnements des écrans. Les toubibs savent pas trop. Si je m'approche d'un ordi, ça peut dégénérer du jour au lendemain. Cancer. Faut que je sois raisonnable. Si j'y touche plus pendant... un certain temps, j'ai une chance de m'en tirer.

Les deux autres se regardèrent. Thomas était rouge comme une sale note, mais dans le soleil levant, ça ne se voyait pas trop.

Jaubard, inquiet, toucha son œil gauche.

— Moi aussi, des fois, ça me fait des élancements quand je joue trop.

— Ben, fais gaffe, conseilla Thomas, sépulcral. Va consulter.

Profitant du silence épouvanté qui s'ensuivit, il les planta et rejoignit la fille de sa vie. Jérémie était à trois mètres, mais il eut la courtoisie d'y rester et de ne pas s'apercevoir de la présence de Thomas.

— Salut, fit Esther.

Troublée, elle voulut boire une gorgée de mangue et en renversa sur son foulard. Thomas frotta la tache avec sa manche.

— Merci, dit-elle.

C'était une situation con. Thomas se remit à rougir.

— Il ne faut pas avoir honte de rougir, dit Esther.

— Je rougis pas, répondit Thomas. Et j'ai pas honte.

— Moi, quand j'ai peur, j'ai les mains moites. Des fois, je claque des dents.

— C'est la nature, opina Thomas.

— J'ai trouvé que c'était très courageux de ta part de tenir tête au prof d'histoire. Ça m'a fait penser que même les profs sont dépendants des machines. C'est horrible. Qu'est-ce qui se passera quand on pourra plus s'en passer ?

Thomas, quant à lui, avait hâte que l'humanité en soit là.

— Je suis sûre, reprit Esther, que tu vas te mettre à regarder la vie. Le monde. Tes yeux vont s'habituer à voir tout ce qui est beau.

— Tu trouves que le monde est beau ?

— Ben oui. Faut juste savoir regarder. Entraîne-toi.

Ensuite, ça sonna. La journée commençait par un cours d'histoire. Comme d'habitude, le prof chronométra le temps qu'ils mirent à s'asseoir, à se taire, à sortir leurs affaires. Comme d'habitude, il colla trois pages à copier au dernier. Ce fut Jérémie, comme d'habitude.

— Trois minutes, constata le prof. Vous multipliez par le nombre d'heures hebdomadaires, déjà réduit par la réforme, par le nombre de semaines, par le nombre d'années de scolarité. Et vous trouvez la somme des heures que vous aurez consacrées, dans votre vie, à approfondir votre ignorance de l'Histoire. C'est effarant. Effarant.

On frappa. Le pion à dreadlocks entra, porteur d'un papier blanc sinistre.

— Thomas Pipounel, déchiffra-t-il, est convoqué chez le proviseur.

— Poupinel, rectifia le prof. Chez MONSIEUR le proviseur.

Il toisa les cheveux du pion, comme si sa tête grouillait d'asticots. Thomas se leva, résigné. Jérémie et Esther lui adressèrent le même regard de consolation triste.

Il se produisit quelque chose de très bizarre quand il passa devant Latreille. Celui-ci lui murmura quelque chose, ou plutôt il articula un mot, sans faire entendre le moindre son, de façon que Thomas seul pût voir ses lèvres remuer. Comme quand on dit « merde » à quelqu'un qui s'apprête à passer un sale quart d'heure. Mais ce n'était pas ce mot-là. Thomas eut le sentiment de connaître parfaitement celui qu'avaient dessiné les lèvres de Latreille, mais il ne le comprit que plus tard, en arrivant devant la porte du proviseur, auquel toqua le pion.

« Pauline. » Latreille avait dit : « Pauline. »

Pourquoi ? C'était absurde.

Mais Thomas comprit aussitôt le message. Latreille, bien sûr, redoutait que Thomas ne le dénonce. Et il lui avait laissé entendre que, s'il s'y risquait, il arriverait des bricoles à Pauline. Latreille avait des relations au collège. Il pouvait transformer en enfer, du jour au lendemain, la vie de la petite sœur.

Jusqu'ici, Thomas avait établi une sorte de frontière étanche entre le lycée et l'extérieur. Il lui était quasiment impossible d'imaginer que Latreille et Pauline vivaient dans le même univers, et que Latreille puisse s'en prendre à elle. La menace muette lui glaça le dos.

— Entrez, dit le proviseur.

Le pion s'effaça. Thomas fut introduit dans un grand bureau sombre et moquetté, aux murs tendus d'un tissu tabac. À la fenêtre, les lames d'un store métallique découpaient la cour. Des meubles renfrognés reflétaient la lumière verte d'une lampe d'architecte qui, sur le vaste bureau d'acajou, éclairait un sous-main vide. Derrière le halo aveuglant, Thomas vit briller les verres épais du proviseur.

— Asseyez-vous.

Le fauteuil où il prit place était confortable, et il se sentit bizarrement bien, tout à coup relaxé. Sa haine contre Latreille devint une boule dure qu'il fit rouler doucement dans sa tête vide.

— Je ne perdrai pas de temps à vous expliquer que vous êtes le suspect numéro un dans cette lamentable affaire.

Thomas essaya d'apercevoir son propre reflet dans les lunettes du proviseur, mais rien n'apparut.

— Je ne vous apprendrai rien en vous disant que tout le monde vous soupçonne. Une brève enquête au sein de l'établissement a fait apparaître que vous étiez de loin le meilleur en informatique. De très loin.

Thomas ne put s'empêcher de se sentir flatté.

— Naturellement, poursuivit le proviseur, une réputation ne constitue pas une preuve. Et vous savez mieux que moi que nous n'avons pas les moyens techniques de déterminer qui est l'auteur de cette mauvaise blague. Il nous faut des aveux. Et je les obtiendrai.

Il se leva, et s'approcha de Thomas. Si près que ce dernier aurait pu lui mordre le nez sans presque avancer la mâchoire.

— Je sais que ce n'est pas vous, annonça finalement le proviseur. Mon instinct me le souffle. Mais je sais aussi que vous connaissez le coupable. Dites-moi son nom. Je le ferai avouer. Personne ne saura que vous avez parlé. Personne. Vous avez ma parole.

— Non, dit Thomas. Non, je sais pas qui c'est, m'sieur.

Le proviseur se redressa, et mit ses mains derrière son dos.

— Je m'en doutais, murmura-t-il. C'est normal.

Il y eut un long silence, puis le proviseur sourit et enleva ses lunettes.

— Vous êtes *Chupa-Chups*, n'est-ce pas?

Thomas sursauta si fort qu'il se tordit quelque chose, vers l'épaule. *Chupa-Chups* était le nom de son avatar, sur *Call Of Duty Modern Warfare II*. Le proviseur lui tendit la main.

— J'en étais sûr. Je suis *Epsilon*.

*Epsilon!* Thomas le connaissait parfaitement. *Epsilon* était un soldat loyal et courageux avec qui il avait déjà accompli de périlleuses missions. Ils avaient communiqué plusieurs fois par boîtes de dialogue. Il rougit et serra la main du proviseur.

— J'ai entendu un de vos camarades vous appeler ainsi, dans la cour. J'ai tout de suite eu la certitude que vous étiez *le Chupa-Chups* que je connais. Votre qualité de jeu est proprement exceptionnelle. Mes félicitations. C'est la première fois que je rencontre un partenaire «in real life». *IRL*, comme on dit.

Il remit ses lunettes.

— Que cela reste entre nous. Pourquoi n'avez-vous pas joué, ces jours-ci?

— J'ai... j'ai un problème avec mes parents, à cause de mes notes.

— Ah oui, vos notes. J'ai regardé. Vraiment pas terrible. Améliorez-moi ça au plus vite, mon vieux! Vous nous manquez, sur le réseau!

— Je vais faire de mon mieux, balbutia Thomas en se levant.

— Je compte sur vous, chuchota le proviseur.

Puis il lui serra encore la main et lui tint la porte.

Quand il revint en classe, Thomas remarqua que des gouttes de sueur s'étaient formées sur le front de Latreille.

## – 13 –

À la récré, Latreille prit Thomas à part.

— Viens là, nolife !

— Je viens si je veux, grogna Thomas en le suivant jusqu'au fond de la cour, dans un recoin formé par d'anciens ateliers qui attendaient depuis dix ans d'être « restructurés ».

— Écoute-moi, nolife, tout le monde est réglo, dans la classe. Si quelqu'un me balance, je saurai que c'est toi.

— T'as peur ?

— Moi non, mais ta petite sœur pourrait bien faire des cauchemars, si je le décidais. Il y a des méchants, sur cette terre, tu sais ?

— J'en ai rien à foutre de tes histoires. J'ai rien à balancer. Et arrête de jouer les parrains, tu fais pitié.

Latreille gloussa jaune.

— Et mon poing dans ta gueule, il fait pitié ?

Comme il levait celui-là pour l'abattre sur celle-ci, le proviseur apparut, au coin du vieil atelier.

— Monsieur Latreille, s'il vous plaît. J'ai à vous parler. Suivez-moi dans mon bureau.

Latreille jeta un bref coup d'œil sur son poing, toujours brandi, écarta les doigts, fit craquer les articulations, sourit.

— Tout de suite, Monsieur le Proviseur, articula-t-il si distinctement qu'on entendit les majuscules.

Puis il suivit le chef d'établissement, qui ne lui accorda ni un mot ni un regard, malgré les nombreuses tentatives de Latreille pour amorcer une conversation détendue et courtoise. Dans son bureau, le proviseur s'assit sans inviter Latreille à en faire autant.

— Je vous soupçonne, Latreille. Sachez-le.

Latreille lui servit son grand sourire joyeux et surpris, celui qu'il affichait quand un prof l'interrogeait et qu'il n'avait pas fait ses exercices. Genre : Pardon ? Il doit y avoir un malentendu.

— De quoi s'agit-il, monsieur le proviseur ?

— Latreille, vous savez, il y a des exceptions.

— Des exceptions ? À quoi, monsieur le proviseur ?

— À la règle que vous vous efforcez de démontrer chaque jour, selon laquelle les adultes sont tous des cons.

— Je... je ne comprends pas, monsieur le proviseur.

— Moi je comprends que c'est vous qui avez fait le coup. Et je vous coincerai, Latreille.

— Mais c'est injuste ! Si quelqu'un m'a calomnié, je...

— Méfiez-vous, Latreille. Et passez à la Vie scolaire. Ils vous consigneront pour mercredi.

— Quoi ? Mais pourquoi ?

— Parce que vous êtes très en retard en cours. Le règlement est le règlement.

— Mais j'étais dans votre bureau !

— N'essayez pas de vous trouver des excuses. Bonne journée, Latreille.

Et il se plongea dans un dossier, sans plus accorder la moindre attention à Latreille qui finit par sortir du bureau, sans un mot.

Une fois dans le couloir, il se pinça très fort le lobe de l'oreille, méthode qu'il employait toujours pour recouvrer rapidement son calme, puis sortit son portable.

— Salut, Steven. Dis-moi, est-ce que tu pourrais donner une leçon à une fille du collège ? Elle s'appelle Pauline Poupinel. Tu vois qui c'est ? Tu restes soft, mais tu lui fais bien comprendre que son frangin doit fermer sa gueule. Ouais, je te filerai deux ou trois doses de trucs sympas samedi, après le judo. Tu me tiens au courant quand c'est fini.

Il sursauta, en entendant s'ouvrir la porte du bureau du proviseur.

— C'est bien ce que j'avais cru entendre, Latreille. Vous téléphonez dans les couloirs. Le règlement l'interdit. Épargnez-vous la peine de passer à la Vie scolaire. Je viens de leur demander directement de doubler votre consigne. Et maintenant, vous seriez gentil de disparaître, j'ai du travail.

— 14 —

Le mardi soir, comme Pauline se dirigeait, en chantonnant, vers son arrêt de bus, elle sentit qu'une main l'attrapait par le sac à dos. Elle se retourna et reconnut Steven Boulanger, un grand gros à tête de nazi, qui avait dû redoubler douze fois sa troisième. D'habitude il était plus bête que méchant. Mais quand même très méchant. Par exemple, il adorait les travaux dirigés de SVT, à cause des dissections, et des trucs rigolos qu'on pouvait faire en soufflant dans les animaux morts, avec des pailles. Le regard vitreux qu'il lança à Pauline n'était pas sans rappeler celui dont il gratifiait habituellement les grenouilles épinglées. Elle fronça les sourcils.

— Tu me lâches, ordonna-t-elle.

Il ne la lâcha pas.

Pauline s'avisa que la rue était déserte. Elle l'était presque toujours. C'était un raccourci pour l'arrêt de bus. Si elle parvenait à se dégager, elle pourrait l'atteindre en courant. Faute de quoi, il était évident qu'on la retrouverait en morceaux derrière la palissade qu'elle apercevait, là-bas. Ou alors, elle pouvait abandonner son sac au tueur, mais il contenait deux volumes du *Destrier d'argent*, prêtés par Amélie, et qu'elle n'avait lus qu'une fois.

— Tu me lâches, maintenant, étoffa-t-elle.

D'une secousse, Steven Boulanger lui arracha son cartable qui, entre ses mains, parut minuscule. Il l'ouvrit, avant qu'elle ait pu protester, en tira un à un les cahiers et les manuels scolaires, qu'il laissa tomber dans une grande flaque où flottaient deux mégots et une canette bosselée.

Pauline ne prononça pas le moindre mot. Elle regarda se gondoler dans l'eau noire les millions d'exercices de maths qu'elle avait alignés depuis le début de l'année, ses rédactions festonnées de silhouettes de poulains – racontez un souvenir de bonheur, une rencontre inattendue, une promenade en forêt –, ses schémas de circuits électriques, ses verbes irréguliers, et aperçut même un mot d'excuse de sa mère pour le jour de sa gastro-entérite.

Tout sombra.

La flaque était drôlement profonde.

Y coulèrent ensuite les débris de son double décimètre, ses surligneurs, ses élastiques à cheveux, ses trombones, les quatre morceaux de sa carte de cantine, pourtant plastifiée, puis, une à une, les pages du *Destrier d'argent*.

— Oh, zut, déplora Steven Boulanger. Je suis un gros maladroit.

Ensuite, il s'approcha de Pauline et lui fit un bisou, très humide.

— Mais je te pardonne, rigola-t-il.

Il lui rendit son cartable vide.

— Allez, file. Tu vas louper ton car. Maman-la-pute va te gronder.

Comme elle s'éloignait déjà, sans octroyer la moindre larme à son agresseur, il la rattrapa et lui déversa dans l'oreille, avec un flot de postillons glaireux :

— Et dis à ton frère-le-pédé que, s'il ouvre sa gueule,

j'ai plein d'idées pour continuer à m'amuser avec toi. Il comprendra.

— Dis-le-moi, répéta Thomas.

Pauline ne répondit pas. Assise à son bureau parfaitement rangé, elle travaillait depuis trois heures, recopiait des feuilles, reconstituait des cours, noircissait des copies. Thomas, de plus en plus mal installé sur son pouf, vit trembler les épaules de sa sœur.

— Dis-moi ce qui s'est passé, insista-t-il d'une voix douce.

Ce fut peut-être la douceur de sa voix qui fit craquer Pauline. Elle s'effondra d'un coup, façon soufflé, le front contre une équation. Puis Thomas l'entendit sangloter.

Il s'approcha, timidement, et posa une main sur le dos fragile de Pauline qui se retourna aussitôt et l'étreignit, enfonçant son nez dans le pull de son frère. Il resta debout sans rien dire pendant une dizaine d'années, attendant que les spasmes s'espacent. Puis il capta quelque chose comme un message en provenance de la tête de Pauline, toujours enfouie dans la douce laine du pull.

— Désolé, répondit-il d'une voix mécanique, je n'ai pas compris. Veux-tu répéter.

Elle leva vers lui un visage bouffi et morveux.

— Il m'a dit de te dire de fermer ta gueule, répéta-t-elle. Sinon, il va continuer à me... à m'embêter.

Thomas s'empourpra.

— Qui c'était ? Latreille ?

— Non. Un mec.

69

— Tartine?

— Non, un mec, je te dis. Un mec de mon collège. Il a vidé mon sac dans une flaque. C'est pas très grave. Juste chiant. Mais j'ai eu peur.

Elle ne pleurait plus.

Thomas se dégagea. Il était blanc, maintenant. D'une blancheur d'évier neuf. Ça faisait peur.

— C'est quoi, l'histoire? demanda Pauline.

— Des conneries, éluda Thomas. La culotte de la prof.

— Pardon?

Thomas se frappa la paume.

— T'inquiète pas, gronda-t-il d'une voix terrifiante. Je vais le niquer, ce bâtard!

Pauline (qui détestait quand Thomas parlait comme les garçons dont il détestait la façon de parler) le suivit dans sa chambre où il venait de se ruer.

— Qu'est-ce que tu vas faire?

— Je vais lui pourrir sa machine.

— À qui?

— À Latreille. Je vais lui envoyer une colonie de virus qui vont lui griller le disque dur, à lui et à tous les connards de son répertoire.

Il appuya sur le bouton de son ordi, rien ne se passa. Il se rappela que le câble d'alim était dans le coffre paternel, jura, fouilla dans un tiroir où il en conservait mille autres, mais Pauline s'interposa.

— Arrête! T'as pas le droit de rallumer ce truc.

Thomas s'immobilisa, une poignée de fils dans chaque main.

— Mais je m'en fous! Il s'est attaqué à toi. Il doit payer.

Pauline s'approcha tranquillement de son frère, referma le tiroir et se planta devant lui.

— Donc c'est ça, la vengeance suprême? On

m'agresse, et toi tu mets des virus dans un disque dur? Terrifiant.

Thomas regarda ses mains et rougit. Pauline connaissait les différentes nuances de rougissement chez son frère. Celle-ci exprimait la honte d'avoir été cassé.

— OK. T'as raison. Je vais plutôt leur péter la gueule.

— À qui?

— Ben au mec de ton collège, à Latreille et à Tartine.

Pauline croisa les bras.

— C'est ça. D'abord, rien que celui de mon collège, il te casse en mille comme une biscotte. Donc si les deux autres l'aident, tu finis en chapelure. Deuxièmement, j'en ai rien à faire, de vos histoires. J'ai pas envie de recopier mes cahiers tous les soirs. Tu laisses tomber. C'est quoi, cette histoire de culotte?

Thomas la lui résuma. Elle écouta en fronçant les sourcils.

— Eh ben, parfait. T'as qu'à lui promettre que tu vas pas le balancer. T'as autre chose dans ta vie, je te rappelle.

— C'est pas facile, gronda Thomas. Le proviseur a décidé de mener l'enquête. Il a deviné que c'est Latreille et Latreille croit que j'ai parlé.

De façon tout à fait inattendue, un sourire idiot éclaira son visage.

— Au fait, le truc dingue : le proviseur c'est *Epsilon*!

— *Epsilon*?

— Ouais, un guerrier dans *Dofus*.

Pauline n'eut pas l'air d'apprécier cette information à sa juste valeur. Elle se remit à penser à ses cahiers, aux pages déchirées du *Destrier d'argent*, et un flot de colère la submergea sans prévenir. Elle en avait marre de tous ces trucs de garçons mal grandis, d'adultes qui restent enfants toute leur vie, à continuer à se taper dessus, bien au chaud, le cul dans leurs fauteuils. Ce qu'elle résuma d'une formule assez concise :

— Bande de pauvres types !

Le sourire de Thomas s'estompa. Il n'était pas certain d'avoir bien entendu.

— Qui ?

— Tous. Vous tous.

Et elle montra l'ordinateur, comme une preuve.

— Moi, je suis un pauvre type ? se fit préciser Thomas en se désignant de l'index.

D'habitude, Pauline battait en retraite quand Thomas le prenait sur ce ton, mais il fallait bien qu'elle se venge d'avoir pleuré dans son pull. Et puis, finalement, tout ça était quand même sa faute à lui.

Quelque part.

— Ouais, toi aussi ! confirma-t-elle.

Silence.

Puis elle comprit qu'elle avait fait une bêtise. Thomas se dressa d'un coup, passa du rouge rage au rouge fureur, puis au rouge possédé-du-Malin, et commença de faire tout valser dans sa chambre, en répétant :

— Moi je suis un pauvre type ?

Le contenu de ses tiroirs se répandit sur la moquette : stylos, barrettes de mémoire vive hors d'âge, clés USB, DVD RW, chewing-gums, trombones, *Dofus-Mag*, miettes.

— Attends, supplia Pauline, j'ai un truc important à te dire !

— Moi, je suis un pauvre type ?

Bouquins, pompes, iPod, coquillages.

— Moi, je suis un pauvre type ?

Classeurs explosés, cours éparpillés, calculette, blanco, punaises, milliards d'agrafes aussitôt incrustées dans les poils de moquette. Il ouvrit sa commode, sa penderie, jeta les fringues partout, essaya de déchirer un slip, s'attaqua à un tee-shirt.

— C'est au sujet d'Esther, annonça Pauline, profitant d'un silence dû à la résistance acharnée du tissu.

Pour montrer qu'il ne se laissait pas rouler si facilement, Thomas n'arrêta pas tout de suite. Prit le temps de semer les mille pièces d'un vieux puzzle.

— Quoi, Esther ?

M. Poupinel passa la tête par la porte de la chambre.

— Ne faites pas trop les fous, les enfants, maman est fatiguée. Bonne nuit.

La tête paternelle résorbée, Thomas réitéra sa question :

— Quoi, Esther ?

— Je l'ai invitée à venir demain après-midi, comme c'est mercredi. J'étais pas censée te le répéter, mais elle m'a dit que ça lui ferait plaisir de voir ta chambre.

Et elle conclut, en regagnant la sienne :

— Comme ça, je serai pas la seule à bosser toute la nuit.

– 16 –

En effet, il n'acheva le rangement que vers quatre heures du matin.

Le plus long avait été de désincruster la moquette sans recourir à l'aspirateur, qui aurait réveillé les parents. Il avait dû en retirer une à une toutes les scories invisibles à l'œil nu. Avec une patience stupéfiante, armé, en guise de pince, de deux doigts patients, il avait grappillé dans le taillis synthétique les punaises, les milliards d'agrafes, les débris de céréales, les pépins, les ongles, deux mouches momifiées, des pétales, des cheveux. Il avait frotté pour effacer des taches de milk-shake, d'encre, de sang (datant de la fois où Jérémie était venu saigner du nez chez lui. Pour le sang, il faut frotter avec un glaçon. Ça marche, mais c'est long, ça gèle les doigts, et ça passe par toutes les nuances de rose immonde avant de disparaître plus ou moins).

Il avait classé ses revues de Wargame, d'abord par ordre chronologique, puis par couleur, puis par format, puis il les avait virées, descendues à la cave et remplacées par des bouquins classiques découverts au grenier.

Il avait décroché ses posters, dont la laideur, soudain, lui était apparue. À leur place s'étalaient de pâles rectangles mélancoliques.

Quand son réveil sonna, à six heures trente, et qu'il fut parvenu à ouvrir les yeux, il crut qu'on l'avait téléporté sur une planète. Tout baignait dans le calme propre et doux de l'évidence. L'absence de poussière donnait aux objets un beau relief de 3D. Les choses avaient des contours. Il frissonna.

Ce n'est que plus tard, après une douche douloureuse, alors qu'il s'apprêtait à ingérer ses céréales, que lui parvint la phrase suivante, produite par la bouche (pleine) de Pauline :

— Esther pourra pas venir, elle m'a appelée tout à l'heure.

Il reposa sa cuiller qui s'enfonça aussitôt dans le bol, puis tourna vers sa sœur un visage ravagé.

— Elle va très mal, expliqua Pauline. Sa sœur jumelle est en train de mourir. Elle voudrait que tu ailles chez elle, à la Vallée d'Or, pour l'aider.

Thomas ferma plusieurs fois les yeux, pour essayer d'absorber cette masse d'informations absurdes. Sœur jumelle. Mourir. Vallée d'Or. Aider.

Il repêcha sa cuiller et la pointa vers son propre nez.

— Moi ?

— Ouais. Superman peut pas, il est en RTT.

Thomas regarda fixement le four à micro-ondes, qui lui inspira une autre question.

— Tout de suite ?

— Non, dans cinquante ans, ça sera plus facile. Le niveau de la mer aura monté, tu pourras y aller en kayak.

Thomas tâcha de réfléchir. Les rouages de son cortex patinaient dans le vide. Il allait y aller. Comment ? À vélo. Pas d'autre solution. Hors de question de demander aux parents de le conduire, un jour d'école. D'ailleurs, ils étaient déjà partis au boulot. Il avait encore son vélo de quand il avait des petites jambes, mais ça irait. Il allait y aller tout de suite. Il allait sécher les cours pour Esther, se précipiter au chevet de la sœur jumelle. Tenir la main d'Esther. Recueillir les derniers souffles de la sœur. C'était renversant. Non seulement cette jumelle existait, mais elle était à l'agonie. Pourquoi Esther ne lui avait-elle rien dit ? Il comprenait mieux, maintenant, ses regards mélancoliques et ses soupirs. Où était la Vallée d'Or ? Aucune idée. Thomas n'avait aucun sens de l'orientation, *IRL*. Il se perdait assez souvent en revenant du lycée. Pas grave. Il trouverait. L'instinct. L'amour. L'appel d'Esther.

— Où tu vas ? demanda Pauline.

— Sur Pandora.

Nul.

Pauline le suivit jusqu'au garage, le regarda enfourcher le vieux vélo aux pneus mal gonflés.

— Mais attends ! Tu vas jamais trouver !

— T'inquiète pas, grommela-t-il en donnant un coup de pédale maladroit qui le fit zigzaguer. Je me souviens très bien de la route.

Il franchit la barrière du jardin et, agitant bravement la main, fila à toute allure.

Dans la mauvaise direction.

Comme les premières douleurs assaillaient ses genoux au bout d'une centaine de mètres, Thomas se dit que tout cela faisait partie de L'ÉPREUVE.

— C'est pour toi, pensa-t-il, que je fais tout ça. Pour toi, mon amour.

Il se rappela les paroles d'Esther. Regarder le monde. C'est l'occasion. C'est le moment. Ouvre les yeux, Thomas, observe, contemple, admire la beauté de la vraie vie. Sors de l'écran. Plonge dans la réalité.

Il se perdit très vite.

Peu à peu, la ville changea d'allure, les avenues s'élargirent en boulevards, les maisons perdirent des étages, perdirent de l'âge, se ceignirent de jardinets. Quelques hangars apparurent, bientôt suivis d'amoncellements de matériaux. Des grilles rouillées coururent le long de terrains vagues. Un moment distrait, Thomas se trouva pris dans un entrelacs de voies rectilignes qui s'ouvrit sur une vaste déchetterie. Ce qui lui parut curieux, c'est que la déchetterie était située en hauteur. Elle surplombait la ville, comme un château fort. Au-delà s'étendait un espace sans nom, intermédiaire. Thomas gravit, en danseuse, la longue côte puis, appuyant son vélo à un pylône, il pénétra dans la déchetterie, où il lui avait semblé discerner une silhouette.

De fait, un employé communal, partiellement dissimulé par une paire de poubelles géantes, s'acharnait sur la carcasse d'un lit de fer dont il jetait les fragments dans une fosse réservée aux encombrants. Une haine méthodique animait ses gestes.

Thomas l'appela, lui fit signe, et attendit que l'homme

eût pulvérisé entre ses gants de peau un reste de bourre à matelas.

— Est-ce que vous savez par où il faut passer pour aller au poney-club de la Vallée d'Or ? Je crois que je me suis perdu.

Thomas prit conscience, en parlant, de la présence de bruits continus, réguliers, des bruits de machines qu'il n'avait pas entendus jusqu'alors, et qui provenaient d'un grand atelier de tôle.

L'employé chercha des yeux un point dans l'horizon. Sa bouche forma les mots «Vallée d'Or», deux ou trois fois. Puis il tendit le bras dans une direction où s'étendait la zone industrielle qu'ils surplombaient. Tout au fond, par-delà, fort loin, Thomas aperçut un bois qui lui rappela vaguement celui qui, effectivement, entourait le ranch d'Esther. Il hocha la tête.

Un instant ballantes, les mains de l'employé se remirent à détruire. Il ne s'aperçut même pas que Thomas était reparti.

Il se perdit de nouveau.

La pluie se mit à tomber, il rasa d'autres ateliers déserts, où les gouttes s'engouffraient entre les lames d'immenses rideaux en plastique. Il fit le tour d'une petite entreprise de conseil en informatique, assez pimpante, carrée, colorée, enserrée par deux raffineries désaffectées, noires de rouille. Il s'arrêta de nouveau, pour demander son chemin, laissa son vélo sur le parking de la boîte et pénétra dans un hall éclairé où une jeune femme, très belle mais sans douceur, Rimmel métal, le remit sur la bonne voie.

Il se perdit encore. Le clignotement lointain d'un satellite, parfois, tirait de l'ombre un barbelé. Quelque part, quelque chose vrombissait continûment. Il longea un terrain vague jonché de pneus monumentaux, croyant atteindre ce qu'il avait pris pour un arrêt d'autobus mais qui se révéla un gros panneau publicitaire et vide. Sur sa droite, lointaine, une rocade. Et un château d'eau. La ville miroitait sur sa gauche, à travers un tas de structures ferreuses qui s'enchevêtraient.

— Je ne suis pas fait pour ce monde, conclut Thomas, découragé.

Il s'arrêta pour la troisième fois, jeta son vélo en vrac contre une palissade et attendit la fin des temps, en se frottant les mollets. Une voiture ralentit puis s'immobilisa à sa hauteur.

C'était une antique Renault 16, dont la croûte de rouille boueuse interdisait de deviner la couleur d'origine. Péniblement, le carreau, côté passager, descendit en grinçant pour faire peu à peu apparaître un visage cireux.

— Monte ! ordonna une bouche d'ombre.

Thomas se recroquevilla et choisit de fermer les yeux.

Une portière claqua. Il garda les yeux fermés pour donner à cette situation de cauchemar le temps de s'évaporer d'elle-même. Une haleine chaude, qui sentait le cambouis et la sauce tomate, balaya son visage. Il rouvrit les yeux, reconnut l'employé de la déchetterie.

— Je t'ai vu, de là-haut, indiqua-t-il. T'es complètement paumé, mon gars. Monte. On va mettre ton vélo dans le coffre.

Thomas obéit. Il avait trop mal aux jambes pour s'enfuir en courant. Il n'avait pas emporté son téléphone portable puisqu'il n'avait pas le droit de s'en servir. Il n'avait aucune solution. On ne retrouverait probablement jamais son corps. La spécialité de son ravisseur était de faire disparaître proprement les rebuts.

— Pas la peine, indiqua sobrement le criminel quand Thomas voulut attacher sa ceinture. Elle est niquée. On va rouler doucement.

Il mit les gaz, accéléra sur un ralentisseur, et esquissa une moue navrée quand la tête de Thomas percuta le plafond bas.

— Oups, s'excusa-t-il en glissant une cigarette entre ses lèvres.

Il lâcha le volant pour l'allumer, en profita pour monter le volume de la radio qui diffusait quelque chose comme la retransmission d'un rituel satanique au cours duquel on devait égorger une maternelle entière, au son joyeux de bétonneuses et de bombes atomiques.

— Mozart, hurla-t-il, réarrangé en trash métal. C'est moi qui fais ça avec des potes.

Il reprit le volant, juste le temps d'éviter un autobus, se faufila entre deux camions, ferma les yeux pour mieux se pénétrer des harmonies mozartiennes, ce qui lui épargna la vue du feu rouge qu'il venait de griller.

Thomas, agrippé à une poignée, se concentrait sur les chocs sourds produits par son vélo, qui heurtait en rythme les parois du coffre.

— C'est plus très loin, le rassura l'homme en montrant la route maintenant bordée d'arbres.

De fait, à peine dix minutes plus tard, la Renault 16 pilait devant le poney-club.

«Je vous remercie», pensa Thomas, faute de pouvoir le prononcer, à cause des ses mâchoires tétanisées. Il ouvrit la portière, posa sur le sol deux jambes hésitantes, fit un pas.

Agitant par sa vitre baissée une main amicale, l'homme repartait déjà vers la ville.

Ce n'est qu'en franchissant le porche de la Vallée d'Or que Thomas se rappela son vélo, toujours dans le coffre.

Il se retourna, plissa les yeux, discerna l'horizon où la voiture avait disparu, et se dit que c'était aussi bien comme ça. Une main douce se posa sur son épaule.

— Tu es venu! s'émerveilla Esther.

Elle avait les traits tirés, les yeux rouges et cernés, les joues creuses, le teint gris. Elle était sublime.

— Mais..., s'étonna Esther en montrant le vide, autour de Thomas. Comment tu...

— À pied, coupa Thomas. Dès que j'ai su.

Elle en resta sans voix.

— J'aurais jamais cru, finit-elle par avouer, en lui prenant le bras et en l'entraînant à l'intérieur du ranch.

— Tu me connais mal.

Il réussit à ne pas grimacer, malgré les élancements qui traversaient ses mollets détruits. Esther marchait vite.

— Je savais pas... pour ta sœur jumelle.

La bouche d'Esther trembla.

— C'est fini, soupira-t-elle. Elle est morte tout à l'heure.

Thomas s'arrêta net, au milieu d'une zone herbeuse.

— Mais... comment... qu'est-ce qui...

— Elle était vieille. Exactement mon âge.

Thomas sentit un froid glacial monter le long de sa colonne vertébrale.

— Mes parents me l'ont offerte quand j'avais un an. Hier, elle s'est écroulée, d'un coup. Elle ne tenait plus sur ses jambes. Le vétérinaire l'a piquée tout à l'heure.

Elle éclata en sanglots, et se nicha dans les bras de Thomas qui lui caressa les cheveux. Si un jour il parvenait à rentrer chez lui, il tuerait Pauline. Un bourrin ! Il avait traversé toute la zone à vélo, manqué d'être démembré par un troll pour un bourrin. Ce soir, la petite peste allait se foutre de lui comme jamais.

— Tu sais, lui confia Esther, j'aurais jamais cru que tu te déplacerais pour un cheval. J'avais pas osé te dire que ma jumelle était une jument. Mais tu l'as deviné tout seul. Tu peux pas savoir à quel point ça me touche. J'ai l'impression que tu me comprends, tu vois. Tu es si... si sensible.

— Qu'est-ce que tu croyais ? grinça Thomas. Tu me connais mal, je te dis.

— Oui, c'est ce que m'a dit Pauline. Elle m'a révélé à

80

quel point tu aimais les chevaux, à quel point tu les comprenais. Elle était sûre que tu viendrais.

Thomas avala sa salive. Bon. Il attendrait pour exécuter sa sœur.

— Oui, grogna-t-il, je... je crois qu'ils... qu'ils communiquent avec nous, qu'ils... qu'ils nous comprennent. Qu'ils nous parlent.

Esther leva vers lui son visage radieux, orné d'un nez adorablement rougi.

— C'est dingue. Je pense exactement la même chose.

Elle devint grave.

— Je pense qu'on est vraiment faits l'un pour l'autre.

Elle se serra contre lui. Thomas ne sentait plus la douleur de ses mollets. Il inhala lentement le parfum qui flottait dans les cheveux d'Esther, ferma les yeux, soupira.

— Mes parents vont l'emmener dans un centre spécial où Athalie sera incinérée. Je ne veux pas qu'elle finisse chez l'équarrisseur.

— Non, bien sûr, approuva Thomas qui ne connaissait pas ce mot. Athalie, chez l'équarrisseur ! Quelle horreur !

Esther se détacha de lui, fit un pas en arrière.

— Je te remercie vraiment d'être venu mais...

— Mais ?

— Si tu restes avec moi aujourd'hui, je sais que ça va mal finir.

— Ah bon ?

— Oui. Je vais finir par t'embrasser. Je suis tellement triste, et tu es si... adorable.

— M'embrasser ? Qu'est-ce que tu racontes !

— Oui. Ce serait nul. Il faut qu'on aille au bout de l'épreuve. Il reste vingt-quatre jours.

— Absolument, confirma Thomas. Vingt-quatre jours. Je vais rentrer. Tu es sûre que ça ira ?

Elle hocha la tête, avec un sourire triste.

— Mais tu sais ce qui me ferait plaisir? demanda-t-elle. Ce serait que tu reviennes, samedi, et que tu me regardes m'entraîner. J'ai les championnats de voltige qui approchent. Si tu viens, ça va m'encourager. J'essaierai de gagner. Pour Athalie. Et... pour toi.

Thomas esquissa son pâle sourire, genre orphelin qui assure, avec un regard profond et tourmenté.

— Je serai là, chuchota-t-il.

Serrant contre lui les pans de son blouson trop mince, il franchit sans se retourner le porche de la Vallée d'Or, suivit le chemin boueux, retrouva la grand-route, marcha sur la berme, parmi les papiers gras et les animaux écrasés, ballotté par le souffle des camions qui le dépassaient, gagna une zone pavillonnaire où il erra longtemps, se perdit parmi des barres d'immeubles avant de tomber sur un arrêt de bus. Il arriva chez lui vers vingt heures.

— Où tu étais? l'accueillit M. Poupinel. Le lycée a téléphoné. Tu sèches, maintenant? Va falloir qu'on s'explique.

– 18 –

— J'ai appris que ta sœur avait eu des ennuis? rigola Latreille. C'est triste, franchement.

On était jeudi matin. Thomas était perclus de courbatures. Il s'était fait engueuler une heure par son père, la veille au soir. Il faisait gris. Un vent glacé récurait la cour du lycée. Thomas était tombé direct sur Latreille en arrivant. C'était l'une de ces journées où l'on se sent définitivement seul.

Et pourtant, la phrase d'Esther tournait en ritournelle

dans la tête de Thomas : « Je pense qu'on est vraiment faits l'un pour l'autre. »

— Ça te fait rire ? gronda Latreille. Tu te fous de ma gueule ?

Thomas se rendit compte qu'en effet un large sourire barrait sa face. Il agita la main.

— Non, c'est rien, laisse tomber. Je pensais à un truc.

Apercevant Esther et Jérémie, au loin, près du bâtiment des sciences, il voulut contourner Latreille, qui lui attrapa le bras.

— Attends. J'ai quelque chose à te demander. Le proviseur m'a encore convoqué, hier, il me soupçonne, il arrête pas de me poser des questions.

— Je t'ai déjà dit que je t'avais pas balancé. Lâche-moi, maintenant.

— Oui, mais il faut que tu lui dises que je suis innocent.

— Moi ? Tu délires !

— Oui, toi. Il t'aime bien, ça se voit. Il te fait confiance. Tu lui demandes juste de me croire. Tu lui dis que tout ce que j'ai expliqué est vrai. Juste ça.

— Attends, t'es dingue ? Je vais me pointer exprès chez le proviseur pour lui dire de te croire ? Tu m'as vu ?

— T'as pas besoin d'y aller exprès. Tu es convoqué à cause de ton absence d'hier. Dreadlocks m'a dit de te dire de filer au bureau du proviseur dès que tu arrivais.

— Mais pourquoi je te rendrais service ?

Latreille baissa les yeux, avec une mine profondément peinée.

— Parce que j'ai entendu des bruits qui disaient que le malade qui a attaqué ta sœur veut remettre ça bientôt. Et que c'était juste un hors-d'œuvre, ce qu'il lui a fait jusqu'à maintenant. Mais si tu m'aides, je te promets de tout faire pour empêcher ça. J'ai horreur de la violence, tu sais.

Thomas ne souriait plus. Enfoiré. Dès ce soir, il allait

lui véroler sa machine, et celle de ses parents, jusqu'à la septième génération.

— OK, dit-il. J'y vais. Mais s'il arrive encore quelque chose à Pauline, je te balance.

— Poupinel, tu es un bon garçon. Je le savais. Je sens que, toi et moi, on va être potes.

Hors de lui et malgré ses courbatures, Thomas traversa le lycée à grands pas jusqu'au bureau du proviseur, où il tambourina presque.

— Entrez, fit une voix calme.

Il entra et s'assit dans le fauteuil sans y être invité.

— Qu'est-ce qui vous arrive, Thomas ?

— C'est Latreille.

— Latreille ? Tiens donc.

— Il me demande de confirmer sa version des faits. Sinon ses potes agressent ma sœur.

Le proviseur leva très haut un sourcil, comme si quelqu'un le lui tirait avec un hameçon.

— Chantage, tentatives d'intimidation, harcèlement, complicité d'agression. Le dossier s'épaissit.

Il se leva, arpenta la pièce en réfléchissant.

— Ne vous inquiétez pas, Thomas. Je lui ferai savoir que vous avez confirmé ses dires et que je ne le soupçonne plus. Mais j'attends mon heure. Dès que j'aurai suffisamment d'éléments, j'agirai.

— Merci, monsieur.

— Entre parenthèses, maintenant que vous cautionnez ses propos, savez-vous ce qu'il m'a dit ?

— J'ai pas très envie de le savoir.

— Qu'il soupçonnait fortement votre camarade Jérémie d'avoir filmé les dessous de Mme Friol.

— Jérémie ? Le salaud !

— Calmez-vous, Thomas. Et modérez vos propos. Puis-je savoir pourquoi vous n'étiez pas en cours hier ? Pensez-vous que l'absentéisme va vous aider à améliorer vos résultats ?

Thomas se frotta les mollets, et se mit à rougir si fort qu'il eut l'impression que ça s'entendait. Le proviseur cessa de tourner en rond dans la pièce et le considéra avec ébahissement.

— Qu'est-ce qui vous arrive ?

— Rien du tout.

Le proviseur s'approcha, examina le visage de Thomas.

— C'est extraordinaire, une réaction pareille. Vous êtes un grand émotif, mon jeune ami. Alors ? Puis-je entendre vos explications pour me faire une idée de la sanction que vous méritez ?

Thomas serra les poings.

— J'ai rien à dire. C'est ma vie.

— Donc, en accord avec vos parents, j'envisage de vous faire revenir ici, samedi prochain. Vous n'avez pas idée du nombre de tables et de murs dégradés par vos condisciples. Les jeunes ne respectent plus rien. Je pense que quelques travaux de nettoyage vous feront le plus grand bien.

— Samedi ? Non, monsieur ! Pas samedi ! S'il vous plaît. J'ai... j'ai un rendez-vous.

Le proviseur sourit.

— Dans ce cas, j'attends vos explications.

Thomas soupira et finit par résumer, dans ses grandes lignes, son expédition à la Vallée d'Or. Entre-temps, le proviseur s'était rassis à son bureau et se frottait attentivement le menton.

— Je vois, conclut-il. Vous avez très bon goût.

— Pardon ?

— Esther Camusot est très belle. Très au-dessus du lot.

— Mais pas du tout ! Je vous explique que sa jument Athalie est morte et...

— Mais vous allez avoir du travail, coupa le proviseur. Quand j'ai rencontré ma femme, elle aussi ne jurait que par les promenades dans la forêt, les animaux, le monde. Il m'a fallu des années pour la convertir.

— La convertir?

— Oui. Maintenant, elle est largement aussi forte que moi. Nous jouons ensemble, le soir. Vous la connaissez, d'ailleurs. C'est *Belle-du-Seigneur*, la princesse Xélor.

— Votre femme est *Belle-du-Seigneur*!

— Que cela reste entre nous. Pour votre sanction, j'aviserai. Je pense vous soumettre un sujet de dissertation. Quelque chose comme : «Jusqu'où l'amour peut-il nous conduire?»

— Mais j'ai aucune idée sur la question!

— C'est bien ce que je constate, confirma le proviseur en le raccompagnant. Je vous souhaite une bonne journée, Thomas.


– 19 –


Heureusement, il arrive que le temps se mette à passer plus vite. Parfois, sans s'en être trop aperçu, on est déjà deux jours plus tard. (Parfois, c'est le contraire. Il est la même heure pendant des années.)

Toujours est-il que le samedi tant désiré ne tarda pas trop. Thomas passa son jeudi à éviter Latreille, à qui le proviseur avait fait savoir que «quelqu'un avait confirmé sa version des faits» et qu'il était hors de cause pour le moment. Du coup, pleinement rassuré, Latreille avait décidé de faire de Thomas son meilleur pote. Il l'appelait en sifflant, à travers la cour, voulait lui montrer des films trop dégueus qu'il avait trouvés sur le Net, avec des animaux, des humains, des organes. Thomas, épuisé par son équipée de la veille, obtint deux heures de repos à l'infirmerie, où il dormit sur un lit très inconfortable, veillé par Mme Masurier, l'infirmière, qui tricotait à son chevet. Son histoire de tumeur du nerf optique avait vaguement filtré, et plusieurs profs lui adressaient de tristes sourires apitoyés. Pas Mme Friol, qui continuait de croire à sa culpabilité.

Le jeudi soir, toujours comateux, il s'endormit aussitôt après la partie de Nain jaune, que M. Poupinel remporta haut la main. Il se réveilla une fois, au milieu de la nuit, taraudé par un rêve oppressant, dans lequel l'employé de la déchetterie le poursuivait, à cheval sur un *Chafer* prépubère.

Le vendredi, préoccupé, il foira deux contrôles dont un DS de SVT à gros coefficient. Incapable de se concentrer, il ne quitta pas des yeux le profil d'Esther, en se répétant : « On est vraiment faits l'un pour l'autre. »

Une phrase digne de figurer dans les bouquins pourris de Pauline, certes, mais que les lèvres roses d'Esther avaient parée d'échos dorés. Une phrase idiote devient-elle intelligente si elle est énoncée par une fille de rêve ? Cette question l'assoupit jusqu'à la sonnerie.

Puis d'autres heures passèrent, et on fut samedi.

En cahotant vers la Vallée d'Or, piloté par Mme Poupinel, toujours aussi à l'ouest, et accompagné de Pauline qui trépignait d'impatience sur son siège, il se dit tout à coup que quelque chose n'était pas normal.

Un inexplicable sentiment d'étrangeté, dont l'origine et la nature exacte se dérobaient. En somme, une impression agaçante, comme un fil de viande coincé entre deux dents, et que, sans pouvoir le localiser précisément, on a constamment sur le bout de la langue.

Était-ce le fait qu'il ne souffre pas trop du manque ? que ces quelques jours sans *WoW*, ni *Dofus* n'aient pas laissé dans son cerveau altéré d'incurables séquelles ? qu'il ne soit pas devenu trop agressif (compte non tenu de la destruction de sa chambre) ? Était-ce que le monde réel lui apparaissait, par moments, presque supportable, malgré la hideur de la plupart des gens, le gris des façades et l'anéantissement programmé de la planète ?

Non.

C'était sa mère.

Une angoisse insidieuse lui électrifia la pulpe des doigts.

Quelque chose allait mal, chez Mme Poupinel. Pas seulement sa fatigue, sa nervosité, son indifférence totale (et totalement compréhensible) aux parties de Monopoly, de tarots, de Guerre des Moutons organisées par leur père, pas seulement ses soupirs, ses agacements, son inadvertance ou son manque d'appétit.

Juste *quelque chose.*

— On arrive ! couina Pauline.

À peine garés, ils furent accueillis par Véronique Camusot, qui leur fit la bise en les serrant dans ses bras.

— Esther est déjà à l'entraînement. Venez, je vais vous conduire. C'est là-bas.

Comme Mme Poupinel restait plantée près de la voiture, tripotant nerveusement la clé de contact, Véronique lui demanda si elle voulait venir aussi.

— Non, déclina-t-elle. Ce n'est pas nécessaire.

Elle tenta un sourire, apparemment peu consciente de l'absurdité de sa réponse. Puis elle montra la voiture, comme si la présence du véhicule impliquait logiquement qu'elle monte dedans séance tenante. Deux minutes plus tard, elle démarrait.

— Tu la trouves pas bizarre, en ce moment ? chuchota Thomas à l'oreille de Pauline, tandis qu'ils se dirigeaient vers le manège où Esther s'entraînait.

— Qui ?

— La Joconde.

— Si. Je crois que c'est un travesti.

Pas moyen de discuter avec cette fille. Thomas garda pour lui ses inquiétudes. D'ailleurs, dès qu'elle entra dans le manège et aperçut Esther, Pauline oublia la présence de son frère.

Esther leur fit un signe de la main, tout en trottinant à côté d'un cheval qui courait en rond dans le manège, d'un air ennuyé. Au milieu du cercle, le père d'Esther, très concentré, tenait la longe du cheval et lui frôlait constamment les flancs à l'aide d'une sorte de longue baguette.

— Asseyez-vous là, sourit Mme Camusot en leur indiquant deux vieilles chaises dépaillées.

Tout à coup, Esther attrapa une poignée fixée à la selle du cheval et bondit gracieusement. Elle se retrouva assise en amazone sur le dos de la bête. Elle portait un justaucorps et un collant rose. On voyait ses épaules et le haut de son dos. Thomas retint sa respiration mais devint tout de même groseille foncée. Heureusement, Pauline ne lui accordait aucune attention.

— C'est juste inouï ! observa-t-elle.

Maintenant, Esther se tenait à genoux sur le cheval. Elle passa devant eux, leur sourit, s'éloigna. Thomas avait eu le temps de distinguer les motifs du petit tapis qui décorait la selle. Il avait remarqué aussi les lèvres et les yeux maquillés d'Esther, qui la vieillissaient joliment, ses cheveux tirés en queue-de-cheval, et ses chevilles.

— Hop ! gueula son père, d'une voix très professionnelle.

Le cheval prit de la vitesse. Son dos montait et descendait, mais il affichait toujours une moue d'ennui, comme quelqu'un qui est pressé de quitter une fête. Esther leva lentement le bras droit, qui atteignit une verticale parfaite. Puis elle tendit la jambe gauche en avant et se cambra lentement, tournant son visage vers le plafond percé de longues baies vitrées sales. Elle souriait. Thomas et Pauline la virent se rapprocher d'eux et amorcer délicatement une autre figure.

C'est alors que les pensées de Thomas se fixèrent de

nouveau sur sa mère. Il revit son air égaré. Quelque chose n'allait vraiment pas. Il se rappela tout à coup que quand il avait commencé à jouer, mais à jouer vraiment, à passer des heures sur son ordi, Mme Poupinel avait failli devenir dingue. Elle hurlait presque tous les soirs, entrait dans la chambre, éteignait la machine. Une fois, même, elle avait tenté de s'en emparer pour la mettre à la poubelle. Elle téléphonait tout le temps à ses copines, qui avaient «le même problème avec leur fils», et avait traîné trois fois Thomas chez un psy frisé qui, face au silence obstiné du garçon, s'était déclaré impuissant.

À cette époque, chaque fois qu'il se retrouvait devant l'écran, chaque fois qu'il se réveillait la nuit pour retourner à *Kirkwall*, Thomas éprouvait un sentiment de victoire. Une violence légère, agréable. Sa mère l'exaspérait, c'était bien. Il pouvait lever les yeux au ciel, ricaner, quitter la table, ne pas se brosser les dents.

En fait, ce qui n'allait pas du tout, c'est que Mme Poupinel avait renoncé à se battre. Elle avait quitté le ring, depuis un certain temps. Combien de temps ? Ça s'était fait sans bruit. Elle n'avait rien dit, jamais reconnu sa défaite. Elle semblait s'en foutre. Il était là, le problème. Une progressive indifférence.

Pareil pour la maison. Elle ne tannait plus son mari pour qu'il abatte le mur du grenier, aménage les massifs, repeigne la barrière. Elle laissait courir les fissures.

Esther, maintenant, était tête en bas, gracieusement agrippée aux poignées de la selle, les jambes en ciseaux. Elle souriait toujours, à l'envers. Pauline applaudit.

— Elle est géniale ! murmura Pauline en quêtant son approbation, d'un regard ébloui.

Mais la mine renfrognée de son frère la calma. Elle haussa les épaules et se concentra sur l'enchaînement des figures réalisées par Esther. De temps en temps, M. Camusot donnait une légère impulsion à la longe ou touchait plus fermement les jambes du cheval. Thomas frémit quand la tête d'Esther, maintenant allongée sur le dos, en travers du cheval, frôla le mur du hangar. En fait, il détestait ce spectacle, la forte odeur de crottin, la lumière jaunâtre, l'écho lourd des sabots qui résonnait dans ses tempes. C'était peut-être la faute de sa mère, qui lui gâchait ce moment. D'ailleurs, elle n'avait même pas l'air contente qu'il ait renoncé aux jeux. Même les mauvaises notes de Thomas la catastrophaient modérément. Tout compte fait, cette histoire de harcèlement au travail n'était pas convaincante. Thomas en eut soudain la conviction, aveuglante : il y avait *autre chose.*

Et il allait découvrir quoi.

Il sursauta.

Esther, essoufflée, venait de les rejoindre. Thomas se rendit compte qu'il avait assisté, sans y prêter attention, aux dernières acrobaties puis au salut final. À peine au sol, Esther avait tapoté le ventre du cheval, embrassé son père, et accouru vers eux. Elle attendait leur réaction.

— C'était dingue! résuma Pauline en lui sautant au cou.

Mais Esther dévisagea Thomas, avec inquiétude. Son sourire s'était éteint.

— Tu vas bien? demanda-t-elle.

Il grimaça.

— Mais oui, c'est juste que...

Il désigna le cheval, le manège, l'air où voletaient des crins.

— C'est très... très impressionnant.

Esther accepta de faire semblant de le croire.

— Ça t'a plu?

Thomas haussa une épaule évasive, et chercha un mot qu'il ne trouva pas.

— Il pense à la Joconde, expliqua Pauline.

## 20

Mme Friol sourit. Ce fut abominable.

Quand certaines personnes sourient, on dirait qu'on leur tord le visage. Des dents habituellement cachées se découvrent. Des dents jaunâtres ou qui lancent des éclats d'argent. Mme Friol, dans l'effort, émit même une gouttelette de salive.

— Bravo, Thomas. Vraiment.

Thomas sursauta. Est-ce qu'il s'était endormi sur sa table? Il avait subi des heures d'insomnies, la nuit précédente, en remâchant ses questions sur sa mère. Il s'était même levé en reconnaissant le bourdonnement de son ordinateur portable, à travers les cloisons. De fait, sa mère, seule sur le canapé du salon, en pyjama et grandes chaussettes de laine, tapotait nerveusement son clavier dans la seule lumière bleue de l'écran. Il était resté un moment à l'espionner, depuis l'embrasure de la porte. La phosphorescence de l'appareil adoucissait ses traits, abolissait les rides qui s'étaient récemment formées sur son front. Ses cheveux dénoués tombaient sur ses épaules trop maigres. Ses lèvres remuaient, mais il n'avait pu y lire aucun mot. À un moment, elle avait souri. Il était retourné se coucher, sans trouver le sommeil.

Et maintenant, il était nez à nez avec le sourire de Mme Friol, ses babines retroussées, ses gencives gigantesques. Il essaya de s'éloigner, plaqua son dos contre le dossier dur de sa chaise, aperçut le visage de Latreille qui s'était retourné pour lui faire un clin d'œil. Puis ses idées tâchèrent de se remettre en ordre. Pourquoi lui avait-elle dit bravo? Il modifia l'angle de son regard et découvrit une feuille de papier couverte de phrases noires barrées de rouge.

Sa copie.

Sa dissertation.

Elle lui rendait sa dissertation.

L'espace d'une seconde, il fut traversé par une joie sincère. Papa avait réussi. Il lui avait sauvé la mise. Il repensa à cette soirée passée avec son père, au salon, à décrypter les formules absconses de vieilles chansons mal chantées. M. Poupinel plissait les yeux en s'arrachant la peau du front, hyper concentré, puis notait fiévreusement ses idées sur des Post-it qu'il semait ensuite sous la table basse. Thomas avait tout recopié, assemblé les idées selon un plan complexe patiemment élaboré par M. Poupinel, dans les blancs d'un prospectus qui traînait. Thomas se rappelait bien le prospectus. Une femme entre deux âges, en extase dans un fauteuil à télécommande.

— Bravo, répéta Mme Friol.

C'est alors que Thomas découvrit le 2 sur 20 gravé à l'encre écarlate, juste à côté de son nom.

— Vous vous mettrez à la dissertation quand vous aurez arrêté la fumette, susurra Mme Friol.

Une fille (Anaïs Lebel) rit très fort puis se tut brutalement.

Thomas prit sa copie, ne dit rien et, stupéfait, sentit qu'il ne rougissait pas. Il ne regarda pas non plus Esther, dont il devinait la présence plus loin sur sa gauche. Il resta digne et droit, ne lut aucune des annotations marginales de la prof, hérissées de points d'exclamation ou d'interrogation.

Décontenancée, Mme Friol remballa son sourire et rendit à Jérémie une copie-fleuve, illustrée de reproductions de Chagall et de Braque. Thomas n'entendit pas ce qu'elle lui disait. Il se sentait très loin. À mieux y regarder, Mme Friol avait une tête de fourmi. Mêmes grands yeux protubérants, mêmes pommettes, même cruauté froide. Cette constatation ne le consola pas.

À l'interclasse, on sortit dans le couloir. Il restait une heure de français. Thomas eut envie de partir, de rentrer chez lui. Le gros souci, c'était papa. Cette histoire allait lui faire de la peine, c'était sûr. Il devinait l'expression de son visage, quand il verrait la note. Et les efforts qu'il ferait pour en rire. Insupportable perspective.

C'est alors que Latreille l'aborda, avec une mine de conspirateur. Tartine le suivait. Leurs deux présences, dans ce couloir mal éclairé, avaient quelque chose de sale.

— On va te venger, mon pote, murmura Latreille.

Tartine sourit et montra son téléphone portable.

— Me venger de quoi? J'ai pas besoin qu'on me venge. Foutez-moi la paix.

Latreille prit un air peiné.

— C'est pas très gentil, ça, de refuser les services d'un ami.

Thomas se crispa, voulut protester mais, pensant à Pauline, se contint. Latreille sortit de sa poche une fiole transparente, pleine d'un liquide incolore.

— J'ai préparé un apéritif pour Miss Friol. Pendant que tu lui demanderas des précisions sur ta disserte, je vais verser ça dans sa bouteille d'eau.

Effectivement, Mme Friol posait toujours une bouteille sur son bureau, qu'elle tétait toutes les dix minutes, avec un air grave, pour montrer qu'il y allait de sa santé, ou que l'énergie qu'elle dépensait en cours exigeait une hydratation constante.

— Qu'est-ce que c'est?

— Des trucs que je pique à mon père. Rien de bien méchant. Un mélange de somnifères, de tranquillisants, et aussi un sirop contre le rhume qui fait bien délirer. J'ai testé. On va se fendre la gueule.

— T'es dingue? C'est hors de question. Compte pas sur moi.

Latreille accentua sa mimique consternée.

94

— Allez, mon pote. Je suis sûr que ça fera beaucoup de peine à ta sœur de savoir que t'as été humilié par cette vieille vache.

Cette fois, Thomas rougit.

— Est-ce que tu peux arrêter de menacer ma sœur ?

Latreille se récria, porta ses mains à son cœur :

— Mais je la menace pas ! Je la protège ! Et toi, je te venge. Tu vois vraiment le mal partout.

La sonnerie retentit. Quand ils entrèrent en classe, Latreille interpella Mme Friol :

— Madame ! Thomas a des questions à vous poser sur sa dissertation, mais il n'ose pas.

Mme Friol lui adressa un sourire très différent de celui qu'elle avait servi à Thomas. Puis, à contrecœur, elle se tourna vers ce dernier :

— Je vous écoute, monsieur Poupinel. Des récriminations ? Vous vous estimez lésé ?

Thomas sentit monter la panique. Latreille venait de déboucher résolument la bouteille de la prof, d'y verser le contenu de sa fiole et de remettre le bouchon. L'opération avait duré quelques secondes.

— Non... Je... Je voulais vous dire que j'avais passé pas mal de temps sur ma disserte, et...

— Et alors ? La note est proportionnelle au temps passé ?

— Non, mais...

— Votre texte est un galimatias, du baragouin, une suite de formules aussi creuses que prétentieuses. Le pire service que je puisse vous rendre serait de vous accorder ne serait-ce qu'un point supplémentaire.

Thomas soupira, secoua la tête et regagna sa place sans répondre.

— Je ne suis pas sûre que les machines aident beaucoup à penser, conclut Mme Friol.

Puis elle monta sur l'estrade, déboucha sa bouteille,

avala trois gorgées, exigea le silence, ne l'obtint pas et commença son cours.

Ensuite, le temps parut se diluer. Les yeux de Thomas se rivèrent sur la bouche de Mme Friol. Il n'écouta pas un mot, tout entier absorbé par l'angoisse de la voir boire. Elle buvait vraiment tout le temps. À cause du brouhaha, elle fatiguait sans doute ses cordes vocales. On voyait se tendre les nerfs de son cou. Parfois, elle portait sa main à sa gorge, débouchait la bouteille, et hop. Vingt minutes passèrent. Thomas avait oublié la présence des autres. Il vit Latreille se retourner deux fois pour lui adresser des sourires. Puis Mme Friol se mit à faire une drôle de tête. Son œil gauche se ferma à demi. Elle l'ouvrit grand, ce qui lui donna un air étonné. Puis elle parut gênée par quelque chose dans sa gorge et y vida sa bouteille. Après quoi, ses yeux se mirent à s'ouvrir et à se fermer, alternativement ou ensemble, sans qu'elle parût les contrôler. Ses mains, ensuite, prirent leur liberté. La droite monta vers ses cheveux, qu'elle agrippa brutalement, comme pour arracher une perruque. La gauche se mit à lui gratter le ventre, dans un grand bruit d'ongles. Elle esquissa deux pas sautillants vers Adeline Mutel qui eut très peur, et lui déclara d'une voix très grave, très lente :

— Vous êtes une ordure. Une sale petite ordure toute pourrie, Mutel.

Puis elle éclata d'un rire très bref (trois ah ! puissants, suivis d'un lourd silence), revint à reculons vers son bureau qu'elle enjamba comme un portillon de métro. Elle retira ses bottines, s'allongea sur l'estrade et déclara :

— Il est tard. Très tard. Beaucoup trop tard.

Deux minutes après, elle ronflait.

Le lendemain, une annonce affichée sur le panneau de la Vie scolaire indiquait qu'elle serait absente pour une durée indéterminée.

## 21

— Tu me soûles, résuma Pauline.

Et elle planta Thomas sur le trottoir, pour aller prendre son bus. Elle en avait marre. Depuis qu'il ne jouait plus, force était de reconnaître qu'il était insupportable. Nerveux, irritable, angoissé. Il lui cherchait tout le temps des noises, lui prenait la tête avec des questions pénibles, s'inquiétait pour elle à cause de l'agression dont elle avait été victime, refusait de la croire quand elle lui jurait que tout allait bien, qu'elle était une grande fille et qu'elle se débrouillait toute seule.

Depuis le week-end dernier, sa nouvelle lubie, c'était que leur mère filait un mauvais coton, qu'elle cachait quelque chose, qu'il fallait percer son secret. Certes, Pauline adorait les secrets et les mystères, mais surtout pas ceux qui avaient trait aux parents. Elle désirait que les parents restent enfermés dans leur monde incompréhensible, avec leurs problèmes de parents, leurs disputes, leurs blagues et leurs marottes. S'aventurer dans cet univers risquait d'attirer les ennuis. Les pires ennuis. Et Pauline avait horreur des ennuis.

— Salut! tinta une voix claire.

Pauline se retourna. C'était Manon, sa meilleure copine, une fille toute petite, sans le moindre commencement de sein, très méchante. Elle l'adorait.

Elles se firent la bise, atteignirent l'arrêt de bus désert, et se mirent à causer.

— T'as l'air triste, asséna Manon.

— Moi? Non.

Bref silence. Manon expédia un sms.

— Tu sais, rattaqua-t-elle, y a les gens qui disent des trucs sur toi et ton frère.

— Qui ça?

— Les gens. Y disent que vous vous connectez plus et que c'est moitié chelou.

— Genre?

— Genre on sait très bien pourquoi.

— Ah ouais?

— Ouais.

Le bus s'arrêta, dans un soufflement chaud. Elles y montèrent, s'assirent. Manon répondit à trois sms, observa son œil dans un miroir de poche, claqua la bise à un grand quatrième qui s'absorba dans sa game boy dès que le bus redémarra.

— On sait très bien quoi? reprit Pauline, avec un détachement mal feint.

Manon haussa une épaule.

— On a nos raisons, OK? voulut conclure Pauline. Ça te gave pas, toi, d'être obligée d'aller sur MSN tous les soirs? Tout ça pour t'en prendre plein la tronche par cette pouffe de Mylène? Merci. J'ai autre chose à foutre.

Manon ricana, pas dupe.

— Et Facebook pareil, tenta d'ajouter Pauline. Ras le bol de Facebook, franchement. Ça bouffe trop de temps.

— Et trop de fric, insinua Manon en tripotant son écran tactile.

Pauline fronça les sourcils. Elle commençait à comprendre.

— Qu'est-ce que tu veux dire?

— Moi? Rien.

— Qui, alors?

— Les gens.

Pauline s'énervait. Manon avait l'art de vous faire, par grignotements imperceptibles, péter un câble.

— OK, expulsa Pauline en essayant de se contrôler. Vas-y. Accouche.

— Y en a qui disent que ta mère s'est fait virer, et qu'on vous a coupé le téléphone.

Pauline sentit quelque chose de froid lui couler sous les côtes. Bizarrement, sa première pensée fut que c'était vrai. Maman avait été virée. C'était l'explication. Elle n'avait rien dit à ses enfants. Elle faisait semblant d'aller bosser, tous les jours. La nuit, elle cherchait du boulot sur Internet. Il y avait eu un fait divers, comme ça.

— N'importe quoi ! protesta-t-elle d'une voix éteinte.

Manon prit un air grave.

— Tu sais, pour moi, ça change rien. C'est pas une honte.

— Mais c'est pas le problème ! C'est juste pas vrai ! hurla Pauline.

Un instant surpris, le quatrième leva les yeux de sa console, puis secoua la tête. Les filles crient, c'est dans leurs gènes.

Manon n'ajouta rien, et se remit à traficoter son portable. Pauline s'affola. Quelque chose lui disait qu'il ne fallait surtout pas laisser se propager cette rumeur. Leur mère au chômage. La famille endettée, déconnectée, coupée du monde. Elle entrevit, derrière ce tissu de mensonges, une réalité sombre qui risquait de se matérialiser par la puissance magique des racontars et des cancans. Elle connaissait le pouvoir des mots, des milliers de messages qui s'échangeaient à chaque seconde, qui circulaient en bondissant sur les ondes, d'un téléphone à l'autre, d'un ordi à l'autre, d'un mur à l'autre. Elle avait vu souvent se déclencher cette mécanique des tweets, des chats et des buzz. Pour l'instant, elle s'était toujours faufilée entre les mailles de la Toile, mais le filet se refermait sur elle. Elle se rappela le grand Kylian, dont les deux parents s'étaient retrouvés au chômage, l'année précédente, victimes d'un plan social. Au bout de six mois, Kylian était surnommé « le cas-soce ». Il n'avait pas pu participer au voyage en Italie. Le bruit courait qu'il se rendait quelquefois dans le bureau de l'assistante sociale.

99

— C'est pas du tout ça ! lança Pauline. Je te jure.

Manon secoua la tête, genre je-veux-bien-faire-semblant-de-te-croire-vu-que-je-suis-ta-meilleure-copine.

Ce qui signifiait que, quelques minutes plus tard, la moitié du collège recevrait la confirmation de l'hypothèse chômage.

Déjà, les doigts de Manon s'approchaient du clavier de son mobile. Peut-être que les copines attendaient, de sa part, un simple smiley, ou une lettre, ou un point d'exclamation qui signifierait : C'est bien ça. La mère à Pauline a été virée.

— Tu peux garder un secret ? bredouilla Pauline.

Les doigts de Manon s'immobilisèrent.

— Tu me connais, répondit-elle simplement.

Ce qui était censé être rassurant.

Dix minutes plus tard, Manon était au courant de tout : Esther et Thomas, l'épreuve, l'amour courtois. Tout.

Onze minutes plus tard, Emma Pauvert, Clothilde Zymiak, Angélique Robulot, Sabrina Delichon, Morgane Piéplu, Virginie Lhomme, Cassandre Derval, Coraline Castaldo, Julia Van Wesserghe, Axel Fichtre et Lola Craubart étaient informées, dans les grandes lignes.

Coraline Signac créa, depuis son iPod, un groupe sur Facebook : « Si toi aussi tu veux pourrir Poupinel. » À midi, le groupe comptait vingt-huit membres, le soir quatre-vingts et, le lendemain, plus de trois cent dix, avec, parmi eux, les deux tiers de la classe de Thomas.

– 22 –

En arrivant au lycée, ce matin-là, Thomas ne perçut pas tout de suite que quelque chose se tramait. Il voulut se diriger vers Jérémie, qu'il ne parvenait plus à voir, ces temps-ci, à cause de Latreille, qui ne le lâchait plus, ayant trouvé dans cette fausse amitié un outil de harcèlement plus efficace que l'insulte simple.

Et, comme d'habitude, avant d'atteindre Jérémie, Thomas fut intercepté par Latreille.

— Salut, mon pote.

— Je suis pas ton pote. Par contre, je voudrais causer à Jérémie. Lâche-moi.

— Si, t'es mon pote. La preuve. On a les mêmes goûts.

Déjà exaspéré, Thomas s'avisa que Tartine filmait la scène, avec son éternel sourire débile. Il opta pour l'indifférence, ayant constaté plusieurs fois que ceux qui ne toléraient pas qu'on les prenne en photo finissaient toujours par être les plus ridicules.

— Les mêmes goûts ? Tu déconnes ?

Latreille s'approcha et lui fit un clin d'œil. C'était exaspérant, ces clins d'œil à répétition. Surtout qu'il les assortissait d'un claquement de langue, pour faire style.

— Esther Camusot, elle te branche pas ?

Thomas tenta, par autohypnose, d'assécher ses vaisseaux capillaires. En vain. Il rougit tant, qu'il parut cuit.

— Pas du tout. Et je vois pas en quoi ça te regarde.

Latreille ne commenta pas la bourrasque organique qui ravageait le visage de Thomas, et fit une moue de gros chat repu.

— Ah bon. Au temps pour moi. Je me suis trompé. Tant mieux. Comme ça, on se fera pas de concurrence.

— De concurrence ?

— Tu sais quoi ? cligna Latreille. La petite Camusot, je te parie que je me la tape avant Noël.

Thomas se frotta le front, comme si la vulgarité sans nom de Latreille y avait déposé une couche de crasse. Il allait lui casser la gueule, une bonne fois pour toutes. Écraser ce nez fin et droit, pocher l'un après l'autre ces yeux qui ne cligneraient plus, fendre ces lèvres sur lesquelles, maintenant, il ne pouvait plus s'empêcher d'imaginer celles d'Esther, sorte d'image parasite, insistante, têtue. Bien évidemment, elle ne se laisserait pas faire. Et pourtant, Latreille était déjà sorti avec tant de filles du lycée. Il les envoûtait toutes, et Tartine filmait, de loin, leurs baisers.

Thomas réprima un haut-le-cœur, et se dirigea de nouveau vers Jérémie.

Tout à ses ruminations hallucinatoires, il n'entendit pas nettement le murmure et les sifflements qui s'échappaient d'un tas de types, glandouillant non loin. Ce n'est qu'en atteignant Jérémie qu'il reconnut son propre nom, sourdement scandé par la grappe stagnante.

— Ça va mal pour toi, lui annonça lugubrement Jérémie.

Thomas ne comprenait pas. Le monde était trop rapide pour lui, ce matin. Il n'arrivait pas à relier entre eux les éléments du réel. Il était en train de s'imaginer, encore une fois, son poing dans la gueule de Latreille, le nez, les yeux, le sang, les dents, puis le conseil de discipline et l'embarras du proviseur qui ne pourrait se résoudre à l'exclure. Il repensait aussi au sommeil de Mme Friol. Tout ça tournait dans sa tête, au galop, avec des *moskitos* peureux et des jeunes *bouftons* noirs. La vraie vie était trop dure, trop impitoyable, trop médiocre. Il lui fallait respirer l'air pur d'*Agricultural Simulator*. Il ne tiendrait pas longtemps dans ce monde asphyxiant. Esther finirait entre les mains crochues de Latreille.

— Quelque chose a fuité, sur toi et Esther, poursuivit Jérémie.

— Quoi, fuité ?

— J'ai vu ça hier sur Facebook. Ils ont créé un groupe. Ils veulent te pourrir, à cause de ton pari. L'épreuve.

Thomas, anéanti, eut le réflexe bizarre de poser son

sac par terre et de s'asseoir dessus. Il entendit son équerre éclater.

— Putain, tu pouvais pas me prévenir ?

— Comment ? Par pigeon voyageur ?

Autour d'eux, peu à peu, une petite foule s'amassait. Un chœur improvisé entonna une marche nuptiale. Simon Leborgne monta sur les épaules d'Elie Tarche et se mit à gueuler :

— Holà ! Oyez braves gens ! Le preux chevalier Poupinel arrivera-t-il à se garder vierge jusqu'à la Noël ?

Parmi les éclats de rire, il entendit encore scander son nom, et celui d'Esther assorti d'adjectifs abominables. Dylan Brodel et Alexis Jaubard, furibonds, vinrent lui postillonner à la figure :

— Et ta tumeur à l'œil, ça va mieux ? Tu t'es bien foutu de nous !

Thomas rentra la tête dans les épaules. Il ne comprenait toujours pas. D'où venait la fuite ? Seules Esther et Pauline étaient au courant.

— Ne réponds pas, lui chuchota Jérémie. Laisse-les se fatiguer.

— Hé ! cria quelqu'un, t'es jalouse, Jérémie ?

Thomas promena sur les élèves un regard panoramique et fatigué. Il les comprenait presque. Pour une fois qu'il se passait quelque chose au lycée. Bizarrement, au lieu de ressentir l'humiliation, il s'imagina à leur place. Qu'aurait-il fait s'il avait appris que Simon Leborgne, par exemple, avait déserté *WoW* par amour ? Il aurait rigolé. Peut-être pas au point de se joindre à la masse pour lui balancer des quolibets, mais il aurait trouvé ça pitoyable. Au fond, Thomas était peut-être pitoyable.

Il regarda chacun au fond des yeux. Leur gêne était perceptible. Pas si fiers d'eux, pas si joyeux. Le regard de Thomas les faisait presque tous ciller nerveusement. Il y avait bien quelques crétins profonds qui faisaient mine de se rouler des pelles, quelques lourds à casquettes et boutons, quelques grandes gourdasses explosées de rire, mais la plupart semblaient avoir hâte de quitter les lieux. Il se leva, épousseta son jean et, par une trouée du troupeau, entrevit Esther, seule, sous un poteau. Elle semblait infiniment triste. Il se demanda ce qu'il fallait faire. S'approcher d'elle donnerait corps aux cancans et risquait de rallumer les moqueries.

C'est alors qu'il entendit, sur sa droite, une espèce de bousculade. Il tourna la tête et vit Latreille qui fendait la cohue, suivi de Tartine.

— Arrêtez! prononça Latreille, d'une voix archivirile.

Il marcha jusqu'à Thomas, et posa fermement son bras sur son épaule.

— Ce mec-là, c'est mon pote, OK? Il est cool. Je veux pas qu'on le fasse chier.

Thomas tenta de remuer l'épaule, mais l'autre y plaquait son bras lourd et mou comme un boa.

— En plus, ajouta Latreille en souriant, tout ça c'est pure mytho. Des conneries. Vous imaginez quand même pas Poupinel avec Esther Camusot? Faut arrêter!

Relancés, les élèves émirent de nouveaux ricanements.

— C'est pas impossible que l'ami Thomas se soit fait un film, tout seul dans son lit, sur la belle Esther. Il a les neurones ramollis par les trolls. Mais je peux vous dire que la belle Esther, elle en a pas grand-chose à foutre, du gentil Poupinel.

Cette fois, Thomas réussit à se dégager. La fureur l'étouffait.

— Fous-moi la paix, connard! gronda-t-il.

Il se rendit compte qu'il n'arrêtait pas de supplier Latreille de lui foutre la paix. Lui, le guerrier de *PVP Hardcore*. Juste la paix. Le calme. La solitude. Il entendit des voix et des rires :

— Tu t'es fait un film, Poupinel!

— Tu peux continuer à t'amuser tout seul!

— Il est tout rouge !

Thomas étouffait. La formule d'Esther lui tournait dans la tête : «Faits l'un pour l'autre.» Est-ce que ça faisait aussi partie de l'épreuve, de supporter les autres ? Tout le temps ? Il aurait fallu qu'il réponde, qu'il leur balance un truc mortel. Pauline aurait su faire ça, mais elle n'était pas là. Il se tut, ne dit rien. Au fond, ce qui l'humiliait le plus, ce n'était pas que les autres soient au courant de l'épreuve, c'était qu'ils s'imaginent qu'Esther ne l'aimait pas. Mais il ne pouvait rien dévoiler. Latreille leva la main, obtint le silence :

— Par contre, moi, je suis intéressé, pour la petite Camusot. J'en profite pour faire ma pub. Qui veut parier ? Latreille ou Poupinel ? Tartine prend les paris.

Nouvelle explosion de rire. Quelqu'un lança une pluie de pièces jaunes sur Tartine, hilare.

Bon.

Il n'y avait plus aucune autre possibilité.

Il fallait casser la gueule de Latreille, là, tout de suite. Ce serait long et pénible. Le résultat n'était pas garanti, Thomas n'avait ni la carrure, ni l'énergie, ni l'envie. Juste la rage, qui suffirait peut-être.

Il retroussa ses manches, comme pour faire la vaisselle. Curieusement, l'image de son père lui passa fugacement par la tête. Une image bête : M. Poupinel en train de brandir le poing en signe de triomphe, après avoir gagné une partie de Cochon qui rit.

— Attention ! cria Latreille en se composant un masque d'effroi. Le chevalier va me tailler en pièces. Dites à Esther que je suis mort courageusement pour elle, et que j'emporterai son image au Ciel.

Au moment où Thomas allait se jeter sur Latreille, il sentit une main sur son épaule. Il se retourna. Esther se tenait juste à côté de lui. Thomas s'immobilisa. Elle s'approcha plus près encore, et posa ses lèvres sur les siennes. Les y laissa. Le serra dans ses bras, lui offrit le plus long et le plus invraisemblable baiser de toute son existence. Les premiers sifflets ne s'élevèrent qu'après un nombre sidérant de secondes. Sans paraître prêter attention aux hurlements extatiques de la populace, Esther continua un moment, puis logea sa tête dans le cou de Thomas et lui murmura à l'oreille :

— Ça ne compte pas. Et ça ne change rien à nos accords. C'est juste pour faire taire l'autre crétin.

Puis elle le prit par la main et l'entraîna loin de la bousculade.

— Ça va ?

Thomas déglutit, émit une sorte de croassement.

— Qu'est-ce que tu dis ? s'inquiéta Esther.

— Je crois que je vais rentrer chez moi, dit Thomas.

Et, sans que personne essaie de l'en empêcher, sans, d'ailleurs, qu'il sache exactement si quelqu'un avait essayé de l'en empêcher, Thomas se retrouva, un laps de temps indéterminé plus tard, quelque part dans la ville.

– 23 –

Il marcha.

Ce fut un vrai voyage, bien différent de celui du mercredi précédent, quand il pédalait dans l'inconnu. Il arpenta des trottoirs, suivit son reflet dans des vitrines, se trouva plutôt beau. Il n'arrivait plus à penser. Une brise printanière s'insinuait dans l'air froid, teintée de nostalgie savoureuse. Le monde n'était pas si hideux. Une grosse dame, dont la moitié du corps dépassait d'une fenêtre du rez-de-chaussée, lui fit un sourire. En passant devant elle, il aperçut l'intérieur de son appartement. Un calendrier avec des chats, un chat, un pan de mur jaune.

Tout à coup, il eut presque faim. Il était midi. Il cligna des yeux, et s'aperçut qu'il se trouvait tout près de l'immeuble où travaillait sa mère. C'était un quartier gris, ponctué de banques, d'agences immobilières, de résidences cossues, avec vidéosurveillance et parkings souterrains. L'envie lui vint d'aller attendre sa mère à la sortie de son travail et de déjeuner avec elle, de lui parler, peut-être, de lui raconter sa vie. C'était ça. Il fallait la rencontrer seul à seule, en dehors de la maison, la surprendre. Si elle avait des ennuis, pourquoi ne pourrait-il pas l'aider ? Il se sentait fort, maintenant. Soutenu.

Il savait que Mme Poupinel ne déjeunait jamais à la cantine de son entreprise, qui lui flanquait le cafard. Elle préférait aller prendre un sandwich dans un bistro du coin. Mais le plus souvent, à en juger par le poids qu'elle avait perdu, elle devait sauter le déjeuner, aller s'asseoir toute seule sur un banc, peut-être, et peut-être pleurer.

Comme il approchait de l'immeuble, quelque chose le retint. Il se cacha sous un porche d'où il voyait très bien la grande porte vitrée par où sa mère n'allait pas tarder à sortir. S'en échappèrent des adultes cravatés, costumés, peignés, qui, sitôt à l'air libre, attrapaient des cigarettes et se les glissaient dans la bouche en continuant de parler. Les femmes portaient des tailleurs anthracite et des foulards, les ceintures des hommes boudinaient leur ventre. Dans dix ou quinze ans, les lycéens deviendraient ça. Les meilleurs, du moins. L'esprit de Thomas se mit à déguiser les gens de sa classe, à leur dégarnir la tête, à leur tirer les traits, à leur doubler le menton, à leur ajouter des valises sous les yeux. Inversement, il n'était pas très difficile de reconstituer l'élève qu'avait été tel cadre, tel employé, tel technicien. À l'occasion d'un éclat de rire ou d'une grimace incontrôlée, le sale gosse perçait sous le masque bouffi de l'adulte.

Mme Poupinel parut.

Dans la lumière du plein jour, elle était étonnante de

prestance et de dignité. Top classe. Ensemble clair, plutôt court, ballerines à talons bobines, maquillage léger.
À la maison, quelque chose gommait les détails. Thomas
n'avait jamais remarqué ses boucles d'oreilles à motifs
floraux entrelacés, ni le bleu qui ombrait ses paupières.
Elle semblait plus légère et plus discrète que tous les
autres, comme une jolie silhouette au pochoir sur le
mur sable crade de l'immeuble, surchargé de plaques de
marbre, de logos et d'acronymes.

Dès qu'elle eut posé les pieds sur le trottoir, elle mit sa
main en visière, comme si elle cherchait à se protéger du
soleil ou à distinguer quelqu'un. Puis, sans attendre, elle
fila le long du trottoir et tourna aussitôt, à l'angle de
l'immeuble. Personne n'avait paru s'apercevoir de sa
présence ni de sa disparition. Elle semblait très seule,
évoluant dans une autre dimension. Thomas la prit en
filature.

Prudemment, il traversa la rue, s'engagea dans celle
qu'avait empruntée sa mère et la repéra très vite, qui
trottinait sans se retourner, évitant les passants, nombreux à cette heure. Une boule d'angoisse se forma sous
le sternum de Thomas. Elle n'avait pas du tout l'allure
de quelqu'un qui cherche un bistro tranquille pour
manger un sandwich. Quelque chose n'allait pas. Cette
précipitation cachait une mauvaise nouvelle. L'angoisse
de Thomas s'accrut quand il aperçut, sur un panneau
indicateur, le nom de l'hôpital de la ville. C'était ça. Elle
avait rendez-vous pour un examen médical. Un scanner.
Des radios. Elle leur cachait une maladie grave.

Les rues, maintenant, s'élargissaient. Thomas se rendit compte qu'un monde fou s'agitait autour de lui, que
le bruit des voitures, les claquements, les klaxons, les
bribes de chansons échappées des baladeurs, les conversations hurlées dans des portables se déversaient dans
ses oreilles et que, jusqu'à maintenant, il n'en avait pas
eu conscience. Comme si quelqu'un avait coupé le son.

Le vacarme l'étourdit, l'odeur d'essence, les éclats de soleil réverbérés par les vitrines et les pare-brise. Il tituba. Il marchait depuis des heures, et n'avait rien mangé depuis le matin.

Le temps de s'arrêter pour reprendre son souffle, de passer une main tremblante sur ses yeux, de les fermer, de les rouvrir, sa mère avait disparu.

Thomas se trouvait au bord d'un boulevard encombré par deux autobus, entre lesquels s'impatientaient des voitures. De l'une d'elles s'échappait une rythmique lourde, saturée de basses, comme des coups de canon dans une ville en guerre. Sur un immense panneau publicitaire, des images se formaient constamment, pour se désintégrer, par bandes horizontales. Les passants parlaient trop fort, trop vite, riaient, leurs yeux rouges roulant sous leurs lunettes. Il fouillait la foule, ne retrouvait plus la silhouette de sa mère. Elle n'avait pas pu aller très loin, pourtant. Gardant un œil sur les trottoirs, il tenta d'observer les enseignes. Pas de restaurant, pas de bistro. Plusieurs boutiques de prêt-à-porter, un magasin d'informatique, un marchand de journaux. Peut-être était-elle allée s'acheter un magazine? Il fit quelques pas vers la devanture du buraliste, où alternaient des femmes nues et des hommes politiques, et sursauta d'horreur.

Il l'avait retrouvée.

Elle était même tout près de lui, à quelques mètres devant, sur le trottoir. Il voyait son dos, ses jambes fines, ses talons bobines, et distinguait même la bague que papa lui avait offerte. Il la distinguait même parfaitement, puisque Mme Poupinel avait la main grande ouverte, les doigts écartés.

Elle caressait le dos d'un homme qui la serrait dans ses bras.

Un homme qui présentait l'indiscutable caractéristique de n'être pas M. Poupinel.

Maintenant, cet homme-là embrassait sa mère sur la bouche.

Et Thomas, grâce à Esther, savait exactement ce que cet homme ressentait.

Il fit demi-tour, fila vers n'importe où, puis revint. Il voulait voir. Savoir. Voir la gueule de l'homme, qu'il allait fracasser contre une vitrine, et la vitrine se fendrait, des éclats traverseraient son crâne.

Mme Poupinel et lui n'avaient pas bougé. Ils s'embrassaient au beau milieu du trottoir, et les passants les contournaient, sans ralentir. Le baiser se reflétait dans les vitres des voitures, dans les lunettes des gens, s'imprimait dans les cerveaux, laisserait, à des centaines d'exemplaires, sa trace infime dans des consciences anonymes.

L'homme était plutôt jeune, noueux, sportif. Il portait des tennis mode et une veste ajustée. Il cessa soudain d'embrasser maman, lui sourit et frotta son front contre le sien, avec beaucoup d'aisance, comme dans les pubs. Ce mec-là, c'était sûr, avait l'habitude de frotter son front contre le front des femmes. C'était un pro du french kiss. Il portait une barbe de trois jours, et une branche de lunettes solaires dépassait de sa poche pectorale.

Il parlait, elle lui répondait.

Bientôt, ils s'éloignèrent, enlacés, le long du trottoir, déambulèrent nonchalamment sans cesser de parler.

Le plus insupportable était la figure détendue de Mme Poupinel, souriante, rajeunie, comme sur les photos de leurs vacances à l'île de Ré, juste avant que Thomas entre en cinquième. C'était de cette époque qu'il pouvait dater le dernier sourire indiscutable de sa mère.

Ils entrèrent dans un restaurant végétarien. Un truc pour snobs écolos, où l'on servait d'immondes soupes vertes, dans un décor design, à base de tables maigres et de hauts tabourets. Thomas les vit se jucher, puis consulter un menu calligraphié à la craie sur un tableau noir.

Dès qu'il eut trouvé le courage de s'arracher à ce spectacle, il partit au hasard, et sauta dans le premier bus qui le ramenait chez lui.

La maison était déserte et sentait la poussière cuite.

Il monta directement dans sa chambre, récupéra un câble, brancha l'ordinateur, le ralluma et joua jusqu'à ce que Pauline rentre du collège. Elle le trouva en pleurs devant l'écran.

— C'est rien, dit-il en montrant ses yeux. J'avais plus l'habitude.

## – 24 –

— Je partirai pas tant que tu m'auras pas dit ce qui se passe, répéta Pauline pour la millionième fois.

Il était presque minuit. Elle bâillait aux larmes, épuisée par sa journée, qu'elle avait passée à s'angoisser à cause de ce qu'elle avait révélé le matin à Manon. Sa trahison. Comment avait-elle pu se faire avoir aussi facilement? En y repensant (et elle y avait repensé à chaque minute de ses huit heures de cours), il était évident que Manon lui avait raconté ce bobard, cette histoire de chômage, pour lui tirer les vers du nez. Elle avait marché. Peut-être à cause de l'inquiétude confuse qui l'habitait depuis que l'autre brute avait jeté ses affaires dans la flaque. Au début, elle s'était dit que ça n'avait pas d'importance. Elle avait racheté les deux exemplaires du *Destrier d'argent*, reconstitué ses cours, expliqué aux profs qu'elle avait eu un accident. Et comme Pauline était une élève modèle, tout ça n'avait pas eu beaucoup de conséquences.

Apparemment.

Car elle ne s'approchait plus du collège sans une appréhension sourde. Avant, elle y avait sa place, dans le cercle choisi de copines supportables, indifférentes aux menées des pétasses, des pouffes, des fausses blondes et des cagoles. Depuis l'agression, elle ne se sentait plus en sécurité, se concentrait moins facilement, croyait moins aux histoires des livres qu'elle dévorait.

C'était pour ça, sans doute, que Manon l'avait fait craquer si facilement, et livrer le secret qui la liait à son frère.

Aussi, quand Pauline avait trouvé Thomas en larmes devant son écran, partagé en plusieurs fenêtres offrant chacune un jeu différent, elle avait failli avoir un malaise. Il s'était passé quelque chose de grave, et c'était sa faute.

Il n'avait rien voulu raconter. Elle s'était installée dans le fauteuil, sans livre, se contentant de l'interroger, à intervalles réguliers. Il ne répondait pas. Bientôt, un sourire très inquiétant, presque cruel, avait remplacé les sanglots nerveux qui l'agitaient.

Son père était monté le sermonner, parce que le proviseur en personne l'avait appelé pour lui dire que Thomas avait encore séché et que, la prochaine fois, ce serait conseil de discipline, et exclusion.

— Tant mieux, avait répondu Thomas, sans quitter l'écran des yeux.

Et sa voix était si bizarre que M. Poupinel avait lancé un long regard plein de désarroi à Pauline qui le lui avait rendu. Puis il avait quitté la chambre sans même se demander comment Thomas avait récupéré son câble d'alimentation, normalement enfermé dans la boîte en fer.

Ç'avait été pire quand Mme Poupinel était rentrée. Après un bref conciliabule avec son mari, elle était montée dans la chambre de Thomas qui ne lui avait pas dit un mot. Pas un. Pauline l'avait vu se crisper sur sa chaise.

Ses omoplates s'étaient contractées, ses phalanges avaient blanchi sur le clavier.

Sa mère n'avait pas osé s'approcher de lui. Après une ou deux questions évasives, elle était redescendue à son tour. Thomas n'était pas allé dîner et Pauline, pour ne pas aggraver la situation, malgré une forte nausée, avait enduré tout un repas seule entre ses deux parents qui essayaient de lui faire dire ce qu'elle savait. Pauline avait puisé du courage dans les yeux compatissants de la souris en porcelaine, sur le frigo.

Mais maintenant, il allait falloir qu'elle sache. Thomas avait mis un casque pour pouvoir continuer de jouer sans déranger ses parents. Il ne se souciait pas d'elle. C'était bien le pire. Il se concentrait sur l'écran, passant d'une fenêtre à l'autre, frappant parfois le clavier, y plaquant des espèces d'accord. Son casque grésillait. Pauline se sentit affreusement découragée.

Et puis ce fut comme si, d'un coup, la culpabilité et la peur s'envolaient. D'accord, elle avait fait une erreur, mais Thomas était en train de tout gâcher, avec une colère qui semblait lui faire très plaisir. Pauline n'arrivait pas à deviner s'il ne se souciait pas qu'elle le dénonce à Esther, ou s'il le souhaitait.

Elle se leva, sans que Thomas l'entende ni la voie, se posta près de l'unité centrale et appuya sur le bouton « marche » en comptant lentement jusqu'à dix.

Tous les écrans s'éteignirent et Pauline recula prestement pour éviter une baffe qui ne vint même pas.

Thomas parut, lui aussi, débranché. Il retira lentement son casque et ne dit rien. Ça faisait peur.

— OK, dit Pauline, j'avoue, c'est moi. J'ai tout raconté à Manon. C'est ma faute.

Thomas se retourna lentement et la fixa, avec la tête de Voldemort. Pauline se demanda tout à coup si elle sortirait entière de cette chambre.

— Ils t'ont emmerdé au lycée, c'est ça? Tu es vexé,

alors tu as décidé de te remettre à jouer, pour avoir l'air d'un vrai homme ? Pour montrer à tout le monde que tu t'étais pas écrasé devant une fille, c'est ça ?

Elle essayait de parler sans trembler et d'adopter le ton ironique qui avait le don de faire sortir Thomas de ses gonds. Qu'il s'énerve, par pitié ! Qu'il hurle, mais qu'il cesse de faire cette tête.

— Eh ben, justement, reprit Pauline, c'est nul. Le vrai courage, là, ça serait de continuer. T'en as rien à faire, de tous ces... (elle chercha un mot très malpoli où conflueraient les concepts de bêtise profonde, d'arrogance ridicule et de veulerie rédhibitoire, mais ne trouva rien).

Thomas, maintenant, remuait la tête, lentement, comme une vache. C'était plutôt encourageant.

— Le deal, poursuivit Pauline, c'est que je dis rien à Esther pour ce soir, OK ? Comme c'est ma faute, je ferme les yeux.

Toujours aucune réaction. Elle continua :

— Bien sûr, il y a le risque que tes chers potes, tes partenaires de jeu te dénoncent à Esther, mais elle ne les croira pas. C'est à toi qu'elle fait confiance. Tu n'avoueras rien, d'accord ? C'était juste... une faiblesse.

Elle se leva, s'approcha de son frère et examina sa pupille qu'elle jugea dilatée. À tous les coups, il avait avalé quelque chose de très fort et ne l'entendait même pas.

Elle posa une main sur son épaule.

— Ça va, Thomas ?

Ce fut peut-être d'entendre son prénom prononcé par Pauline qui provoqua l'incroyable réaction de Thomas. Il se jeta dans les bras de sa sœur, et se mit à pleurer à gros bouillons, en poussant des cris de bébé phoque.

Tout de suite, Pauline se dit que c'était à son tour de consoler son frère et de le voir pleurer dans son pull. Un partout.

— Allez, c'est rien, murmura-t-elle en passant un pouce dans ses cheveux, comme dans les poils d'une brosse à dents.

Mais il leva les yeux vers elle et articula quelque chose qu'elle ne comprit pas, parce que les mots étaient trop gorgés de salive. Puis elle finit par entendre :

— Maman.

— Quoi, maman ?

Thomas parut se rendre compte qu'il avait le nez sur le ventre de Pauline. Il recula, se leva, se moucha très longuement dans son couvre-lit, avala tout ce qui lui encombrait la bouche et le nez, puis déclara :

— Elle trompe papa.

Ces mots ne produisirent d'abord aucun sens, dans l'esprit de Pauline. Ce fut comme si rien n'avait été dit. Comme la fois où papi était mort. Papa l'avait dit, très lentement, mais ç'avait été comme une phrase de livre. Un truc qui se passe ailleurs, ou autrefois. Les deux de préférence.

Mais Thomas revint à la charge et, peu à peu, ses paroles parurent prendre corps.

— Je l'ai vue embrasser un mec. J'étais allé l'attendre à la sortie de son boulot.

Comme toujours, quand on vous annonce ce genre de choses, Pauline se réfugia dans une pluie de questions sans intérêt, genre pourquoi, où, quand, et encore pourquoi. Thomas, sans s'impatienter, répondit à chacune d'elles et lui laissa le temps de recoller les morceaux. À la fin, elle fit non de la tête.

— T'es pas obligée de me croire, reprit Thomas, mais même si j'étais très fâché contre toi, je te raconterais jamais un bobard pareil.

C'était vrai. Elle avait envisagé fugacement cette hypothèse, le temps d'un espoir aussitôt dissous par la figure de Thomas. La même qu'à la mort de papi.

Elle posa une nouvelle série de questions. Sur le mec,

cette fois. Des questions idiotes sur ses vêtements, sa coiffure. Au bout d'un moment, Thomas ne répondit plus. Il mit un doigt sur ses lèvres.

— Écoute !

On entendait, de nouveau, dans le salon, le bourdonnement du portable de leur mère.

Et, en arrière-plan, les ronflements lointains de leur père.

Thomas fit signe à sa sœur de le suivre. Ils descendirent l'escalier et jetèrent un œil par la porte entrouverte. Maman était, comme l'autre soir, assise dans le canapé, et tapotait son clavier en souriant.

Alors Thomas se racla la gorge, très bruyamment, et fit deux pas en avant, qui le portèrent au milieu du salon. Mme Poupinel, instantanément, referma son ordinateur portable, qui claqua comme une porte. Elle tremblait.

— Qu'est-ce qui se passe, Thomas ?

— Rien, répondit-il. Je voulais m'excuser pour tout à l'heure. J'ai eu des soucis avec des garçons au lycée. Rien de grave. Bonsoir.

Elle sourit, soulagée.

— Pas de problème, mon grand. Va vite te coucher. Bonne nuit.

Pauline, qui ne s'était pas montrée, le précéda dans l'escalier.

— Alors, chuchota Thomas, convaincue ?

Pauline ne répondit pas et s'enferma dans sa chambre.


– 25 –


Thomas joua jusqu'à six heures du matin, sans s'arrêter, puis s'endormit sur son clavier. Pourtant, quand son réveil sonna, une heure plus tard, il ne se sentait pas fatigué. Ses nerfs le portèrent jusqu'à la douche, où il resta longtemps, bouche ouverte, frictionnant ses paupières. Quand il descendit pour le petit déjeuner, tout le monde était déjà parti. Tant mieux. Apparemment, Pauline n'avait rien mangé. Pas de bol dans le lave-vaisselle. Tant pis.

Thomas, dans la rue, se sentit léger, comme s'il n'habitait pas vraiment son corps. Désincarné, presque, avec juste assez de lucidité pour accomplir les gestes qui ne demandent pas que la conscience soit allumée. Prendre le bus, s'asseoir, se taire, plaquer son front contre la vitre et regarder défiler les laideurs de la vie.

Ce n'est qu'en arrivant au lycée, qu'il mesura la rage qui l'habitait. Ce fut plus que brutal. Instantané. Une colère noire, sans objet précis, juste l'envie de détruire, de frapper. Il se demanda s'il ne serait pas plus prudent de repartir, de retourner dans les rues, d'aller de nouveau guetter sa mère à la sortie des bureaux, pour vérifier, puis pour tuer le type.

Au lieu de quoi, il s'enfonça dans la pénombre de la cour. Des groupes indistincts papotaient. Aucun ricanement. Il avait presque espéré qu'on recommencerait à se foutre de lui. Alors, il aurait fendu la foule à coups de sac, en hurlant, arrachant des oreilles et pilant des lunettes. Mais le proviseur avait dû sermonner les élèves. À moins que le baiser d'Esther n'ait magiquement arrêté tout ce cirque. Le baiser rendait les choses banales. Poupinel sortait avec Camusot, point barre.

Mais alors, que faire de sa rage ? Il chercha des yeux Latreille qu'il ne trouva pas, puis tomba sur Jérémie.

— T'étais où, hier ? demanda ce dernier, sans préambule.

Alors Thomas sentit que Jérémie serait sa première victime. C'était dégueulasse, mais pas tant que ça, à côté de ce que la vie lui avait réservé, à lui, à côté de ce que sa mère avait fait à son père, et à sa sœur. Attitude déloyale. Mme Poupinel était une *cheater*. Une vraie.

— Ça te regarde, où j'étais? aboya Thomas.

— Eh, du calme! protesta Jérémie.

— Du calme? La moitié du lycée me tombe dessus, tu étais au courant depuis la veille et t'as rien fait? T'as rien dit? Tu pouvais au moins m'attendre à l'entrée, pour me prévenir.

Jérémie hocha la tête, accepta l'argument. Il n'y avait tout simplement pas pensé. Jérémie n'avait pas l'esprit pratique.

— T'as raison, reconnut-il. J'ai merdé.

— Ouais. Grave. Et maintenant, j'ai plus envie de voir ta sale gueule.

Douloureux bonheur d'offenser un ami, non violent de surcroît, un ami sincère et sensible, qui ne savait pas se défendre. Désolé, Jérémie. Quelqu'un doit payer et c'est toi qui t'y colles.

— Attends, tenta Jérémie, c'est pas si grave. Tout le monde est au courant que tu sors avec Esther et que t'as accepté de plus jouer, pour elle. Y en a qui trouvent ça cool.

— D'abord, énuméra Thomas d'une voix sifflante, je sors pas avec elle. Et ensuite je joue. Je rejoue. J'ai joué toute la nuit. Et maintenant tu te casses.

Jérémie n'en revenait pas. Sa stupéfaction mit du baume au cœur de Thomas. Mais ce n'était pas suffisant. Sa fureur était si noire qu'il lui fallait enfoncer plus profond ses couteaux dans le cœur de son pote.

— Et je vais te dire, tes conseils à la con, c'est des trucs de lâche. Tout ce que tu veux, c'est dessiner pei-nard. Les autres, tu t'en tapes. Pourvu qu'on te foute la paix. Je me suis trompé sur toi. T'es qu'une pauvre merde.

Ouf. Cette fois, c'était bon. Jérémie tourna les talons et déguerpit. Thomas respira. Mais son soulagement dis-parut en même temps que Jérémie pour se muer en remords horribles qui, loin de le calmer, vinrent aggraver sa rage. Où était Latreille ? C'était lui qui devait payer. Cette fois, il aurait l'énergie de l'écraser pour toujours. Mais il avait beau scruter la cour, il ne le voyait pas. Et Esther non plus, d'ailleurs. Bizarre.

— Poupinel ?

Le pion à dreadlocks venait d'apparaître. Ses yeux noirs gigotaient sous ses sourcils fournis. Ce mec avait une case en moins. Thomas ne lui répondit pas.

— T'es convoqué chez le proviseur. Tout de suite.

Et allez. C'était risible. Dans le même monde, sur la même planète, il y avait ce bonhomme, le proviseur, qui convoquait des gens dans son bureau. Et aussi Esther qui faisait des galipettes sur un bourrin. Et des femmes mariées qui...

— Tout de suite, Poupinel !

Thomas ricana et grommela :

— J'arrive, Gollum. Parle pas trop, tu vas faire fondre ce qui te reste de cerveau.

Le proviseur. Bonne idée. C'était un adversaire à sa taille. D'ailleurs, la veille, dans *Call Of Duty Modern Warfare II*, Thomas avait croisé plusieurs fois *Epsilon*. Triste plouc.

Il entra dans le bureau, ne s'assit pas, ne dit rien.

Le proviseur finit de relire et de parapher un document, sans lui adresser un regard. Ça dura plusieurs minutes. Vieux truc de flic pour déstabiliser. Thomas, hors de lui, tourna les talons et fit mine de sortir.

— Ne bougez pas, ordonna calmement le proviseur, avant de poursuivre sa lecture.

Thomas s'arrêta, hésita, caressa la poignée de la porte puis se mit à examiner les photos sur les murs. Il entendit le stylo Mont-Blanc du proviseur crisser sur le papier. Quand il finit par se retourner, l'autre s'était reculé dans son fauteuil et l'observait sans sourire, les lunettes descendues presque au bout du nez.

— Je ne vous comprends plus, Thomas.

Pas de réponse. Le proviseur reprit la parole.

— Vous faites, pour la deuxième fois, l'école buisson-nière. Et ensuite, vous jouez toute la nuit, alors que votre projet...

Thomas s'avança jusqu'au bureau, et frappa le sous-verre, du plat de la main.

— Y a rien qui vous regarde, là-dedans !

Le proviseur ôta ses lunettes, saisit un chiffon dans un tiroir et commença de les astiquer lentement.

— Tout me regarde. Vous êtes inscrit dans mon éta-blissement. Vous n'en respectez pas le règlement inté-rieur, que vous avez signé en début d'année, ainsi que vos parents.

— Baratin. On signe des trucs mais on nous laisse pas le choix.

— On a toujours le choix, Thomas.

Thomas essaya de rire.

— Ouais, par exemple, j'ai le choix de raconter à tout le monde que le proviseur joue à *Call Of Duty Modern Warfare II*, sous le nom d'*Epsilon*.

Le proviseur pâlit.

— Dites ce que vous voulez. J'assume mes choix. Et vos tentatives de chantage me déçoivent énormément. Il me semblait que nous avions établi une relation de confiance.

— La confiance ? Je connais plus, coupa Thomas.

Le proviseur se tut. Parut réfléchir.

— Il s'est passé quelque chose ?

— Vous avez toujours pas compris que la vie privée des élèves ne vous regarde pas ? Retournez faire mumuse à *Lothering*.

— Soit, soupira le proviseur. Vous êtes hors de vous. Vous êtes grossier et agressif. Ce n'est pas le Thomas Poupinel que je connais.

— Que vous croyez connaître. Vous vous prenez pour un psy ? Un connaisseur du genre humain ? J'ai rien à voir avec vous, j'ai pas besoin de vous ni de votre protection. Pour qui vous allez me faire passer?

— L'opinion de vos camarades vous importe tant, Thomas?

— Est-ce que vous allez me virer?

— À la prochaine incartade, le conseil de discipline statuera sur votre sort. En attendant, vous êtes consigné mercredi prochain et le suivant. Regagnez votre classe. Nous parlerons une autre fois de la maladie de Mme Friol, dont les symptômes me paraissent très suspects, pour ne rien vous cacher.

— Bravo! Vous êtes toubib, en plus.

Le proviseur allait répondre, mais le téléphone sonna, et il se contenta de chasser Thomas, en agitant la main. Quand il décrocha, sa voix tremblait de fureur.

— Bonjour, monsieur le proviseur, entendit-il. Ici Gérard Latreille, le papa de Ludovic. Je me permets de vous appeler, pour vous prévenir que mon fils est indisposé. Il ne viendra pas aujourd'hui.

— Il n'est pas nécessaire de me déranger pour ça, monsieur. Faites établir un certificat médical, et adressez-vous à la Vie scolaire.

— Bien sûr, monsieur le proviseur, mais je voulais en profiter pour vous faire une proposition honnête. Vous n'êtes pas sans savoir que je préside un petit cercle qui compte quelques personnalités influentes de la commune, monsieur le député-maire, quelques chefs d'entreprise, M. Descort, le pédiatre, et...

— Oui. Je suis au courant, et alors?

— Eh bien, je voulais vous dire que nous serions très honorés de vous compter parmi nos membres, monsieur le proviseur.

— Désolé, Latreille. Je ne suis pas corruptible. Si vous espérez protéger votre fils des sanctions qui lui pendent au nez, c'est raté.

— Des sanctions? Je ne comprends pas.

— Tant pis. Dites-moi, il vous aide quelquefois, votre fiston, à la boutique?

— La boutique? La pharmacie, vous voulez dire? Mais bien entendu. Il nous aide à gérer et à emballer les médicaments périmés que nous rapportent certains patients, avant que nous les fassions expédier dans les pays du tiers-monde.

— Donc il lui arrive d'avoir entre les mains des produits tels que des psychotropes, des somnifères, des antidépresseurs?

— Mais oui, sans doute. Toutes sortes de médicaments, en effet.

— Et vous le surveillez toujours?

— Le surveiller? Mon fils est grand, monsieur, et nous lui faisons entièrement confiance.

— La confiance, monsieur, je viens d'apprendre à m'en méfier. Bonne journée.

Et il raccrocha.

– 26 –

— Vous ne trouvez pas qu'on est bien? demanda M. Poupinel.

C'était le soir. La famille était groupée autour d'un Jeu de l'oie, dans le salon faiblement éclairé par des chandelles parfumées, que papa avait trouvées dans une boutique indienne.

La journée avait été une torture pour Thomas. Au bout d'une heure de cours, la fatigue de la nuit passée lui était tombée dessus. Sa colère s'était muée en un désespoir sans fond. Il avait tenté plusieurs fois de s'excuser auprès de Jérémie, mais c'était trop tard ou trop tôt. Ce dernier n'avait même pas accepté que Thomas s'approche de lui. Alors il s'était tu. Esther était absente, et Latreille aussi. Une sale petite voix ne cessait de lui répéter qu'ils étaient ensemble. Il avait honte de s'imaginer des choses pareilles, mais ça revenait en boucle, avec le regret d'avoir été ridicule et insolent chez le proviseur, les remords d'avoir appris la vérité à Pauline. Il aurait dû la protéger, régler ça tout seul. Peut-être que l'histoire de leur mère avec ce type était sans lendemain, et que tout rentrerait bientôt dans l'ordre. La vérité, c'est qu'il avait tenu un gros scoop, et qu'il avait voulu épater Pauline. Non, c'était bien plus compliqué que ça. Mais c'était un peu ça quand même.

D'ailleurs, tu parles d'un scoop. Aujourd'hui, tout le monde divorce, tout le monde trompe tout le monde. Il ne pouvait même pas espérer en tirer de compassion, de la part des autres. La moitié de ses potes vivaient avec un seul parent, ou alternaient, trimballant leurs affaires toutes les semaines. Du banal. Du banal triste.

Il avait entendu dire, par une fille, qu'Esther était absente parce qu'elle devait s'entraîner pour les championnats régionaux de voltige équestre. Une journée d'entraînement intensif, avec d'autres membres de l'équipe. Mais pourquoi ne le lui avait-elle pas dit à lui ? Elle ne l'aimait plus ? Elle s'était forcée à l'embrasser ? Il se rappela qu'il avait séché toute la journée de la veille. Elle n'avait pas eu l'occasion de l'informer. Du calme. Ne pas se laisser bouffer par des pensées cannibales. Essayer d'oublier au moins une portion des choses qui lui tombaient sur la tête. Il avait sommeil. Tellement sommeil.

La seule chose qui lui paraissait solide, dans tout ce bourbier, c'était la phrase d'Esther : « On est vraiment faits l'un pour l'autre. » Si c'était vrai, il fallait s'accrocher à ça. Ne rien gâcher. Il avait décidé de recommencer à arrêter l'ordinateur. Aussi, quand leur père, après un funèbre repas du soir, avait sorti le Jeu de l'oie et les chandelles, il s'était résigné.

Pauline aussi les avait suivis au salon. Elle avait mauvaise mine, la pauvre. Diminuée de moitié, toute creuse, toute crayeuse, les cheveux en vrac. Aucun de ses parents ne s'en était inquiété.

Et maintenant, M. Poupinel se prélassait dans le sofa, content (en grande partie parce qu'il avait gagné), tandis que les enceintes diffusaient en sourdine un morceau d'autrefois, sans mélodie, vague et lent. Mme Poupinel se remit à se ronger les ongles, et cette vue fit renaître l'exaspération de Thomas. L'idée que sa mère soit, à ce moment précis, en train de penser à *l'autre* et de se demander, peut-être, quand et comment elle annoncerait à sa famille qu'elle s'apprêtait à les abandonner lui souleva l'estomac.

— Qu'est-ce qui t'arrive, maman ? T'as l'air mal, s'enquit-il, avec une ironie que seule Pauline perçut.

Mme Poupinel sourit, après un temps de silence absorbé. Le temps qu'il lui fallait pour quitter le souvenir de son amant.

— Mal ? Pas du tout, mon chéri. Je pense au boulot. Je suis crevée.

— C'est normal, tu passes trop de temps, la nuit, à bosser sur ton portable.

Quelque chose, dans la voix de Thomas, évoquait le cri d'une craie sur un tableau noir. Pauline le foudroya du regard. M. Poupinel, occupé à psalmodier les paroles de la chanson qui flottait dans l'air, ne remarquait rien.

— C'est gentil de t'inquiéter, Thomas, répondit-elle.

— Oui, maman, je m'inquiète. Je m'inquiète beaucoup. J'espère que tu trouves des moments pour te détendre, dans la journée. À midi, par exemple. C'est important, la pause de midi. Très important. Il faut éviter de rester tout le temps avec ses collègues.

Pour la première fois depuis longtemps, Mme Poupinel écouta son fils avec une attention aiguë. Son visage rétrécit. Sa bouche se pinça.

— C'est très vrai, ce que dit Thomas, confirma M. Poupinel, qui se pencha en avant pour attraper un des macarons qu'il avait rapportés, pour le dessert, et auxquels personne n'avait touché.

— Moi, des fois, poursuivit-il en mâchant, arrachant chaque mot à la pâte molle et sucrée, je vais bouffer dans un rade pas cher, sandwich rillettes, et un demi. Je veux voir personne pendant une heure. Je cause de foot avec les petits vieux, au comptoir, et ça me vide bien la tête.

Son développement fut accueilli par un silence si profond qu'il s'empara d'un autre macaron, qu'il mastiqua d'un air songeur.

— Tu vois, maman, reprit Thomas, les petits vieux, au comptoir. C'est une bonne idée, non?

Mme Poupinel porta la main à son cou, ce qui traduisait toujours chez elle une grande détresse. Elle chercha une réponse, mais Pauline la sauva, en s'étirant bruyamment.

— Je suis crevée, moi, et j'ai encore des maths à finir pour demain. Thomas, tu veux pas me filer un coup de main? C'est les bissectrices. Je comprends rien.

— Les bissectrices! s'effraya leur père. Ma pauvre chérie. Sauve-la, Thomas.

Pauline était déjà au pied de l'escalier. Elle se retourna, et lança un regard impatient à son frère.

— Tu viens?

Ce comportement inhabituel signalait que Pauline avait une idée derrière la tête. Elle voulait qu'il cesse immédiatement de tourmenter leur mère. Pas seulement parce qu'elle détestait les crises. Il y avait autre chose. Son visage grave et ratatiné n'exprimait pas l'anxiété habituelle, qui la saisissait lors des escarmouches familiales. Pauline semblait avoir vieilli de plusieurs années. Franchi une limite. Cette idée doucha la hargne de Thomas qui se sentit si coupable qu'il suivit sa sœur sans protester.

— Tu trouves pas que Thomas est vachement mature ? demanda M. Poupinel en enlaçant sa femme. Il a complètement raison. Ce soir, pas question que tu te relèves quand je serai endormi pour aller travailler toute seule dans le noir.

Il la serra plus fort.

— Qu'est-ce que tu penserais de leur faire un petit frère ou une petite sœur ? murmura-t-il avec gourmandise.

Pendant ce temps, dans la chambre de Pauline, ça bardait. Thomas se prenait un sale savon.

— À quoi tu joues ? demanda Pauline. C'était quoi, ces allusions grotesques ?

Thomas haussa les épaules.

— J'ai pas supporté qu'elle me mente.

Pauline s'assit en tailleur sur son lit, et enlaça Münchhausen, son plus vieux et plus énorme nounours, une bête en peluche rêche, à l'œil crevé, qui continuait d'étaler sans faiblir son sourire stupéfait. Münchhausen donnait du courage à Pauline, quand elle avait à dire des choses fondamentales. Elle le serrait dans ses bras la fois où, persuadée qu'elle ne survivrait pas à son opération de l'appendicite, elle avait communiqué à Thomas tous les détails de son testament.

— Alors écoute-moi bien, ordonna-t-elle. Tu vas arrêter tout de suite d'écouter tes états d'âme, OK ? Tu sais ce qui va se passer, si tu continues ? Dans deux jours, elle craque, elle pleure, elle avoue tout et elle demande le divorce. On n'y pourra plus rien.

Thomas, impressionné par l'assurance de Pauline, se dit qu'elle avait dû retourner la question dans tous les sens, depuis vingt-quatre heures. Il hocha la tête, pour l'inviter à continuer, et s'assit sur une petite chaise en bois.

— Mon hypothèse, reprit Pauline, c'est que maman

traverse une déprime. Elle a sauté au cou d'un type parce qu'elle est mal dans sa vie. C'est hyper normal, à son âge. En plus, papa est insupportable, les trois quarts du temps.

Thomas renonça à protester. D'ailleurs, Pauline avait absolument raison.

— Qu'est-ce que tu proposes, alors ? demanda-t-il.

Pauline serra Münchhausen.

— On va le chasser.

— Qui ?

— Le Diable.

Thomas soupira.

— On va trouver qui c'est, ce salaud, on va inventer un truc pour qu'il débarrasse nos vies de sa sale bobine.

C'était donc ça, le plan ? Thomas le jugea léger. Vague, à tout le moins. Quoique. C'était jouable.

— Il faut qu'on prouve à maman que c'est un salaud. Après, elle mesurera l'énorme erreur qu'elle s'apprêtait à commettre, et elle nous reviendra.

— Pauline ?

— Quoi ?

— On n'est pas dans tes bouquins à l'eau de rose. On est dans la vraie vie.

— Tu connais ça, toi, la vraie vie ?

— Je commence.

— Et t'en dis quoi ?

— Que ça pue.

Ils se turent. Il leur sembla percevoir les voix de leurs parents qui se disputaient au salon.

— On n'a pas le choix, reprit Pauline en aggravant la déchirure de l'oreille de Münchhausen. Ça peut se précipiter d'un moment à l'autre.

Ils se turent encore, chacun cherchant une idée dans le vague de l'air.

— Voilà ce qu'on va faire, déclara Pauline. Premièrement, on va lire les mails de maman. Tous ceux qu'elle a échangés avec le mec. Lire les mails du mec. On va essayer de savoir qui c'est, son adresse. Après, on ira chez lui.

Thomas s'était levé, dès la première virgule de la première phrase de Pauline. Il agita la main pour l'interrompre.

— Attends, tu veux qu'on aille fouiller dans l'ordi de maman ?

— C'est un cas d'urgence.

— Mais mon épreuve ? Mes engagements ? Tu t'en fous ?

— Un cas d'urgence. Je dirai rien à Esther.

Thomas commençait à trouver l'idée excitante.

— Elle a sûrement un code pour protéger ses données.

— Et alors ? Je suis pas en présence du meilleur hacker de la contrée ?

Il ne put réprimer un sourire, flatté.

— Bon. Et une fois qu'on sera chez le mec, on fait quoi ? On le tue ?

— Peut-être. Je vais y réfléchir.

Cette fois, Thomas sourit carrément. Quand même, il avait eu du bol, en matière de frangine.

— Pauline ?

— Oui ?

— C'est dégueulasse, ce qu'on va faire.

— C'est la vraie vie, mon garçon. Ça pue. Va te coucher, maintenant, je suis crevée.

– 27 –

Le lendemain, au lycée, Thomas se sentit mieux. L'opération mails était prévue pour la nuit suivante, et la perspective d'agir lui rendait la vie plus supportable. Dès son arrivée dans la cour, il tomba sur Esther. Elle était radieuse, rose, comme si les tristesses du monde glissaient sur elle. Les angoisses de Thomas se cadenassèrent dans le tréfonds de son être, d'où elles ne ressortiraient que plus tard, quand il serait seul avec lui-même.

— Tu es revenue, se réjouit-il.

C'est tout ce qu'il trouva à dire, mais Esther parut s'en contenter.

— On a eu un bel entraînement, répondit-elle. Il fallait qu'on travaille en équipe, pour la chorégraphie.

— La chorégraphie !

Thomas soupira. Esther exécutait des chorégraphies sur des chevaux, tandis que lui, enfoncé dans un fauteuil, passait ses nuits à détruire des larves bleues en croquant des chips. Elle avait raison. Il fallait qu'elle le sorte de là. Depuis son grand rangement, la chambre de Thomas avait repris son allure normale, la moquette s'était à nouveau poudrée d'une pellicule de miettes, la poussière s'était redéposée, les objets sans nom et les papiers d'emballage jonchaient les étagères. Ça se faisait tout seul. Il n'avait jamais compris exactement quand ni comment. La chambre avait sa vie, sa loi. Elle s'aimait sale.

— Tu sais, dit Esther, je voulais te dire que j'ai conscience de ce que je te demande. Et je suis très fière de toi. Au début, honnêtement, je pensais que tu craquerais. Maintenant, je suis sûre que tu vas tenir.

Thomas observa la paume de sa main, et se racla la gorge, sans répondre. Il aperçut Jérémie qui traversait la cour, l'œil fixé sur tout ce qui n'était pas Thomas, marchant vers où Thomas n'était pas.

— J'ai dit des saloperies à Jérémie. J'étais en colère. Il veut plus me parler.

Esther sourit.

— J'essaierai d'arranger ça. Laisse-lui du temps.

Au moment où Thomas commençait à se détendre, et cherchait une phrase pour dire à Esther ce qu'il avait pensé du baiser de l'autre jour, une main lourde s'abattit sur son épaule.

— Salut, les petits choux ! lança Latreille.

Avant qu'elle ait pu s'écarter, il décocha deux bises à Esther qui recula, en s'essuyant les joues.

— Et alors, les amoureux ! Faut s'embrasser ! Faut pas rester plantés là comme deux palmiers ! Faut nous mettre le feu à la cour, les enfants ! Comme la dernière fois ! Franchement, Esther, ça m'a fait quelque chose. T'as de l'avenir dans le métier ! Rouler une pelle comme ça, avec la langue et tout, franchement, j'appelle ça la vocation.

Tartine, hilare, filmait.

— Casse-toi, Latreille, ordonna Thomas.

— Au secours ! couina Latreille. L'huître sort de sa coquille ! Elle attaque !

Esther tourna les talons et traversa la cour en direction de Jérémie. Thomas voulut la suivre, mais Latreille le retint.

— J'ai un conseil à te donner, mon garçon.

Thomas ricana, et tenta de s'éloigner encore.

— Je te le dis parce que t'es mon pote. Cette fille, elle t'aime pas. Elle veut te soumettre, c'est tout. Elle va te bouffer. Tu crois qu'elle s'est déjà demandé pourquoi ça te plaisait autant, les jeux ? Tu crois qu'elle s'intéresse à ta vie ? Elle veut que tu sois à sa botte, c'est tout. C'est pas de l'amour, c'est du dressage. Et quand tu seras bien dressé, elle te méprisera. Et tu te souviendras des paroles de ton vieux pote.

Il refit son affreux clin d'œil, émit son claquement de langue et rejoignit ses fans.

Le prof d'histoire leur avait accordé treize minutes pour étudier un document. Thomas les consacra à réfléchir aux conseils de Latreille. Ils lui parurent d'abord odieux, et il imagina tous les moyens d'éviscérer, de dépouiller, de mutiler son ennemi. Puis une pensée terrifiante, abominable s'insinua en lui.

Latreille avait peut-être raison.

Depuis qu'il était amoureux d'Esther, Thomas avait abdiqué sa dignité, renoncé à son univers, à ce qui le faisait frémir, à ce qui lui donnait envie de poursuivre l'aventure. Il avait pédalé comme un débile à cause d'une jument agonisante, il avait rangé sa chambre, il faisait n'importe quoi.

Au début, tout de même, il avait résisté, quand il s'était demandé si Esther était prête à renoncer à des choses par amour pour lui. Et puis il n'y avait plus pensé, parce qu'il était intimement convaincu, comme tout le monde, que les jeux en réseau étaient dangereux, et qu'Esther allait l'en sevrer comme d'une drogue.

Mais elle? Sa voltige? Ses écuries? Est-ce qu'elle était moins addict que lui?

Il rumina jusqu'à la récré, qui n'arrangea rien.

Esther lui fit signe de la rejoindre.

Il obéit.

Et là, carrément, elle lui passa un savon :

— J'ai parlé à Jérémie. Il m'a tout raconté. C'est dégueulasse ce que tu lui as dit.

— Je sais, j'étais en colère. Il veut pas que je l'approche, donc je peux pas m'excuser.

— C'est pas le tout, de s'excuser. Tu l'as blessé. Il faudra du temps pour réparer ça. Tu me déçois, Thomas.

Brusquement, cette dernière phrase ranima la colère de Thomas. «Tu me déçois.» Elle se prenait pour qui? Il avait assez d'une mère dans sa vie. Il décevait Esther, il décevait ses parents, le proviseur, il décevait tout le monde. Mais qu'est-ce qu'on attendait de lui, exactement? Qu'il soit un autre? Le vrai Thomas était décevant. Parfait. Il allait essayer de voir avec ses parents s'ils ne pourraient pas le recommencer. Il darda sur Esther deux prunelles furibardes. Elle arrondit ses yeux clairs.

— Qu'est-ce qui t'arrive ? s'enquit-elle.

— T'entends ce que tu me dis ? Je te déçois. Tu te prends pour qui ? On est mariés ou quoi ?

Elle s'éloigna d'un pas. Sa main tremblait.

— Je te dis ce que je pense. Ça me paraît normal quand on...

— Quand on quoi ? Quand on aime quelqu'un ? Je suis pas sûr que ce soit de l'amour, ton truc de sacrifice et d'épreuve. Tu veux bien m'aimer, si je change de vie, c'est ça ?

— Les jeux, c'est pas la vie.

— Ah bon ? Qu'est-ce que t'en sais ? Tu connais rien. Rien, rien, à part tes bestiaux. Tu t'es jamais intéressée vraiment à moi.

Esther n'en revenait pas.

— Attends, passer son temps devant des créatures mal dessinées, s'abrutir toute la nuit, être incapable de se concentrer deux secondes, plus pouvoir contrôler ses nerfs, c'est des trucs de loser.

Et elle partit, furieuse, rejoindre Jérémie. Thomas tourna la tête et aperçut le sourire de Latreille.

– 28 –

En rentrant à la maison, il trouva son père, sirotant une bière dans le canapé.

— Au fait, Thomas, lui lança-t-il joyeusement, cette dissertation ? On a cartonné ?

— Pas de nouvelles, la prof est malade.

— Ah... Dès qu'on a la note, tiens-moi au courant. J'en ai parlé à tous mes potes, au boulot. Ils ont rigolé quand je leur ai dit que j'avais fait une disserte. J'aimerais bien leur montrer que le vieux Poupinel a encore un peu de jus dans les neurones.

— Promis, soupira Thomas en regagnant sa chambre. Je te tiens au courant.

Ils ne purent agir qu'à deux heures du matin. Il avait fallu attendre que Mme Poupinel se couche, bien après son mari, et éteigne enfin son ordi portable. Se doutant peut-être de quelque chose, elle l'avait posé sur sa table de nuit.

— C'est foutu, commenta sombrement Thomas.

— T'inquiète, assura Pauline. Je m'en occupe.

Et, de fait, elle réussit à monter jusqu'à la chambre des parents, pieds nus, sans faire craquer une marche. La porte était entrouverte, elle agrandit l'ouverture de quelques centimètres, s'y glissa, et s'approcha du lit. Son père ronflait, sur le dos, bras en croix. Il paraissait immense. Sa mère était recroquevillée à l'extrême bord du matelas. Pauline fit un pas supplémentaire, et s'accroupit près de la table de nuit.

— Qu'est-ce qui se passe, ma chérie? chuchota Mme Poupinel.

Pauline réprima son sursaut.

— Rien, maman, j'arrivais pas à dormir.

Sa mère se redressa, voulut allumer.

— Non, laisse papa dormir. Tu veux pas venir discuter avec moi au salon?

— Bien sûr, ma chérie. J'arrive.

Thomas, quand il les entendit redescendre l'escalier, pointa une tête interrogative hors de sa chambre.

— Laisse-nous tranquille, dit Pauline. J'ai des trucs de fille à demander à maman.

Et, d'un léger remuement de pupille, elle lui fit comprendre que le portable était toujours dans la chambre. Elle allait retenir leur mère un certain temps dans le salon. C'était à lui de jouer.

Dès que la voie fut libre, Thomas monta à son tour, entra dans la chambre. Son père se retourna brusquement et murmura très vite quelque chose dans une langue inconnue. Thomas attendit, souffla, attrapa le portable et redescendit. Il n'avait pas beaucoup de temps. Les chuchotements de Pauline et de maman lui parvenaient par bribes.

Contrairement à ce qu'il avait craint, aucun code ne protégeait le système. Quant à la messagerie Internet de Mme Poupinel, c'était lui-même qui l'avait configurée. Elle avait choisi «Tomapoli» comme mot de passe. Un composé consternant des prénoms de ses enfants. Mme Poupinel était absolument nulle en informatique. Incapable de dissimuler quoi que ce soit. L'historique n'était jamais nettoyé, on voyait tous les cookies, les fichiers temporaires.

Thomas décida de copier la boîte de réception et les «éléments envoyés» sur un disque dur externe. Simple. Mais l'opération prenait du temps. Il y avait énormément de messages. Pourvu que Pauline tienne le coup.

Au salon, cette dernière s'était d'abord demandé ce qu'elle pourrait bien raconter à sa mère. Dans *Le Destrier d'argent*, Laura, l'héroïne, se confiait tout le temps à sa maman. C'était génial. Deux copines. Elles se disaient tout, rigolaient ensemble. La maman de Laura, Christie, lui donnait toujours pile le bon conseil, puis lui cuisait des muffins et l'emmenait faire une grande balade à cheval dans la campagne anglaise, avec le soleil qui jouait dans les feuilles des arbres centenaires.

Pauline, elle, n'avait jamais rien pu dire d'intime à sa mère. Ça lui manquait, des fois, mais, franchement, les rares conseils qu'elle avait pu tirer de Mme Poupinel en matière vestimentaire, par exemple, auraient risqué de la faire exclure direct de son groupe de copines. Et à propos des garçons, sa mère affirmait qu'il fallait surtout qu'ils soient gentils. N'importe quoi.

Elle relança tout de même le sujet, faute de mieux.

— Maman, je crois, enfin, je me demande si je suis amoureuse.

Mme Poupinel s'illumina.

— C'est génial, ma chérie. Je suis très heureuse pour toi. Il s'appelle comment ?

— Je... je te le dirai plus tard. En fait, je voulais savoir, enfin, comment on peut être sûre ?

— Sûre de quoi ?

— Qu'on est *vraiment* amoureuse ? Qu'on ne fait pas une énorme bêtise ?

Le sourire de Mme Poupinel se raidit légèrement.

— Une bêtise ? Qu'est-ce que tu veux dire ?

— Ben, si je sors avec lui et que je m'aperçois que c'est un tocard, en fait. J'ai peur qu'il me fasse du mal, tu vois.

Sa mère la scruta, les sourcils froncés.

— De mon temps, on se posait moins de questions. On fonçait. De quoi tu as peur ?

Pauline baissa les yeux.

— Je sais pas trop.

À travers le plafond, il lui semblait entendre les vibrations d'un disque dur. La maison était très sonore. Thomas n'avait pas fini. Il fallait prolonger cette conversation ridicule. Pourvu que ses copines ne l'apprennent jamais. Mme Poupinel connaissait bien la mère de Mélodie Bompard. Si ça lui revenait aux oreilles, Pauline était morte.

— Tu gardes ça pour toi, hein, maman ?

Le téléphone portable de Mme Poupinel vibra. Un sms, qu'elle ne put se retenir de lire : « Pourquoi ne me réponds-tu pas, mon amour, puisque tu es connectée ? »

Au même moment, Thomas vit apparaître avec horreur sur l'écran de l'ordinateur maternel une fenêtre ornée de la gueule souriante de l'individu de l'autre jour. Téla ? demandait-il.

Mme Poupinel fit une moue. Elle avait dû oublier d'éteindre son ordinateur, le laisser en veille. Curieux. Elle eut envie d'aller voir.

— Je te dérange, maman ?

Mme Poupinel agita négativement le téléphone. Elle se rendit compte qu'elle avait eu le réflexe de le prendre pour descendre causer avec sa fille, au milieu de la nuit. Elle ne s'en séparait plus, à cause des sms qu'elle recevait tout le temps, et qu'elle effaçait à mesure, par sécurité. Elle se troubla.

— Non, désolée, c'est... le boulot.

— À deux heures du matin ?

— Oui, enfin, c'est... une copine du bureau qui a... des problèmes.

Pauline regardait sa mère lui mentir. Elle ne ressentait rien. Mais elle savait que ça viendrait, plus tard, et que ce serait affreux.

— Qu'est-ce que je fais, alors ? demanda Pauline.

— À quel propos ?

— À propos de Barak Obama.

— Pardon ?

— Non, rien. Qu'est-ce que je fais pour ce garçon ? Est-ce que je sors avec lui ?

— Mais écoute, Pauline, je ne peux pas prendre la décision à ta place.

— C'est une décision importante, non ? Quand tu as accepté de sortir avec papa, tu te doutais qu'il deviendrait le père de tes enfants ? Ton mari ?

— Pas vraiment, reconnut Mme Poupinel. J'étais très jeune. Pas beaucoup plus vieille que toi.

— Ben tu vois. Tu as demandé son avis à ta mère ?

— On ne s'entendait pas très bien, à cette époque.

— Pas comme nous, alors. Tu as eu de la chance de tomber direct sur l'homme de ta vie, hein, maman ?

Mme Poupinel se tortilla, nerveusement.

Dans sa chambre, Thomas s'était mis à suer. Les messages crétins du mec se multipliaient, dans la fenêtre MSN. Il s'impatientait, ne comprenait pas : «Téou? Tufékoi? Jetèm! Tu me mank!»

Désespérant. Le langage d'un décérébré de collège. Thomas résista à l'impulsion de le prier d'aller se faire foutre, et de laisser sa mère tranquille. Surtout pas. Grosse erreur. Sur ce coup-là, il fallait suivre le plan de Pauline. Elle connaissait mieux la vie que lui, c'était, hélas, devenu indiscutable.

Thomas s'énerva devant la lenteur du système. L'ordi était une épave qu'elle avait dû racheter d'occase à un homme des cavernes. Puis il se rappela que, en fait, c'était son ancienne machine à lui qu'il lui avait refilée parce que la carte 3D ne gérait pas la nouvelle version de *Homefront*. La barre de défilement, bleue sur fond jaune, indiquait que 63 % des données avaient été copiées. Il se contint pour ne pas cliquer n'importe où, au risque de faire planter l'appareil.

— Écoute, Pauline, disait Mme Poupinel, de plus en plus mal à l'aise, tandis que son téléphone vibrait de nouveau, signalant l'arrivée de nouveaux sms, il ne s'agit quand même pas pour toi de trouver l'homme de ta vie tout de suite.

— J'ai peur qu'il me quitte, et d'être très malheureuse.

— Mais tu en rencontreras d'autres! Tu as quatorze ans! La vie offre toujours au moins une deuxième chance.

— Tu y crois vraiment, maman, à la deuxième chance, en amour?

Sur une nouvelle sollicitation impatiente de son téléphone, Mme Poupinel se leva.

— Je suis fatiguée, Pauline. Il faut que je dorme, sinon je risque de m'écrouler au boulot.

Pauline fut déconcertée par la rapidité avec laquelle sa mère se leva, pour monter l'escalier.

Dès qu'il entendit craquer la première marche, Thomas bondit sur ses pieds, constata que la copie des données venait juste de s'achever. Tout petit coup de chance. Il éteignit la machine et sprinta dans l'escalier pour remettre le portable à sa place, sur la table de chevet de sa mère.

Il eut le temps de le faire, mais pas celui de quitter la chambre parentale. Mme Poupinel, en le découvrant debout dans le noir, poussa un cri qui réveilla son mari. Il se dressa sur son séant et alluma, hagard.

— Qu'est-ce que tu fais là, Thomas? balbutia Mme Poupinel, une main sur le cœur.

Thomas regarda autour de lui.

— Je... je n'en ai aucune idée. Je me suis endormi, je crois, et quand je me suis réveillé, j'étais ici.

— Somnambulisme, diagnostiqua M. Poupinel d'une voix pâteuse.

— J'en étais sûre, pâlit sa femme. Ce sont les jeux vidéo. J'ai lu un article là-dessus.

— Tu as peut-être arrêté trop brutalement, supposa son père.

Tout le monde se tut.

— Bon, conclut Thomas. Je vais essayer de me recoucher.

— Bonne chance, dit M. Poupinel.

Thomas quitta la chambre, en sueur.

Mission accomplie.

– 29 –

Thomas s'écroula sur son lit, absolument incapable de lire les mails tout de suite. Il éprouvait un besoin de sommeil aussi impérieux qu'une soif intense. Mais à peine avait-il sombré que Pauline le secouait.

— C'est déjà l'heure ? bredouilla-t-il.

— Mais non. J'ai eu une idée.

— Ah, non. Ça suffit pour aujourd'hui.

— Justement. C'est pour demain. Demain, on est malades. Il y a plein de virus, en ce moment. On se met d'accord sur les symptômes, OK ? Maux de tête, courbatures, et, heu... toux.

— Mais si je sèche encore, le proviseur me vire.

— Tu sèches pas, tu tousses. On aura toute la journée pour lire les mails et planifier la suite.

En pensant au lycée, à Latreille, aux devoirs foirés, à Jérémie, et même à Esther qui le boudait, Thomas trouva que c'était une excellente idée.

— Tu crois pas qu'une grosse gastro, ça serait mieux ?

— Non. Ils nous interdiraient de manger. Tandis que pour lutter contre la grippe, il faut prendre des forces.

— Pas bête.

Pauline, heureuse que Thomas soit son frère, finalement, lui fit un bisou et fila se coucher. Thomas s'entraîna à tousser, exécuta deux quintes correctes et s'endormit enfin.

L'aube débarqua peu après. Pauline et Thomas ne se levèrent pas. Quand les parents voulurent les tirer du lit, ils toussèrent, gémirent, se tinrent la tête, et tout se passa parfaitement bien. Les parents, au fond, adorent que leurs enfants restent à la maison. Le tout est de ne pas abuser.

M. et Mme Poupinel partirent donc au travail, après mille recommandations. On verrait le soir comment les enfants se sentaient. Leur père téléphona aux deux établissements scolaires, pour prévenir l'administration qui enregistra les absences sans protester.

— Vous ne voulez pas que j'essaie de rentrer déjeuner avec vous à midi ? proposa Mme Poupinel d'un ton peu convaincu.

Thomas et Pauline se regardèrent, puis déclinèrent la proposition.

— De toute façon, renchérit leur mère, j'ai très peu de temps, le midi. Je vous passerai un coup de fil pour savoir comment vous allez.

Quand la porte se referma sur les parents, Thomas et Pauline furent enfin certains qu'une longue journée de vacances clandestines s'offrait à eux.

S'ils en avaient eu le cœur, ils auraient fait comme autrefois, quand ils goûtaient le bonheur d'être malades ensemble : sauter une heure sur le lit, danser avec la musique à fond, finir les tablettes de chocolat, les gâteaux apéritif, regarder des clips pendant des heures.

Mais on n'était plus autrefois.

Ils entamèrent donc la lecture des mails de leur mère.

Au premier abord, l'examen de sa boîte ne révéla rien de suspect. Des messages de copines, de collègues, des pubs, des alertes eBay. Mais Pauline remarqua tout de suite un dossier intitulé « Comptabilité urgente ». Ils l'ouvrirent. Il contenait des centaines de mails d'un certain Raphael.begaud. Presque toujours accompagnés de la mention « aucun objet ».

Le premier était daté du 3 octobre. C'était très récent, donc. Ils l'ouvrirent. Il s'agissait d'un message très formel :

« Madame, j'ai reçu le produit que vous m'avez demandé. Je vous invite à venir le prendre au magasin quand vous le souhaitez. Cordialement, R. Bégaud. »

La signature était suivie d'un logo et d'une adresse : « Vitabio, produits naturels, santé, senteurs. »

Ce salopard tenait une boutique d'herbes. Thomas avait bien eu raison de se méfier de la nature.

Les autres messages, qu'ils survolèrent dans l'ordre

chronologique, racontaient la naissance d'une histoire d'amour.

Bégaud s'y était pris très habilement. Il avait commencé par l'interroger sur le produit qu'elle avait acheté (un shampooing au romarin), «dans le cadre du suivi qualité» de son magasin. Puis il lui avait proposé des échantillons, une carte de fidélité, des réductions, des promotions. Pendant trois petites semaines, leurs échanges s'étaient limités à un marketing galant. Puis, assez brutalement, Bégaud avait balancé des lettres plus longues, plus intimes. Il avait procédé par sujets concentriques : la situation de la planète, le secours à attendre des plantes et des produits sains, la nécessité d'une solidarité retrouvée entre humains, l'absence de communication dans un monde dominé par l'argent, son besoin de parler avec des gens sincères et simples, comme elle, son propre divorce, sa solitude sentimentale, le charme de maman, sa douceur rassurante, la tristesse qu'il percevait dans ses yeux, l'appel que ces yeux lui lançaient, et qu'il avait entendu.

Début novembre, ils avaient déjeuné ensemble pour la première fois : «C'était simple et frais, comme ton sourire.»

— Dégueulasse, commenta Pauline.

Ils s'étaient tutoyés à partir de ce premier repas.

Leur mère, de son côté, lui adressait des messages ahurissants, sur le plaisir qu'elle ressentait à être enfin écoutée et comprise par quelqu'un, sur son ennui, au boulot, sur son mari, «un éternel adolescent qui ne s'est pas vu vieillir», sur Pauline, «une petite fille intelligente et fragile».

— C'est assez bien vu, nota Pauline.

Mme Poupinel parlait aussi de Thomas : «Il a perdu la flamme qui brillait dans ses yeux quand il était un petit garçon rieur et malicieux.»

— Ouais. Vite fait, nuança Pauline.

« Il s'égare dans ses jeux virtuels », « Il s'éloigne irrémédiablement », « Je ne le comprends plus », « Je suis seule à lutter, mon mari fait semblant de ne rien voir », « Je suis perdue, complètement ».

Thomas sentit un flot de bile lui remonter dans la gorge. C'était bien ce qu'il avait soupçonné : tout était sa faute. Et celle de papa. Rieur et malicieux. Il se rappelait vaguement ce garçon-là.

— Elle écrit vachement bien, non ? remarqua Pauline.

— C'est tout ce que tu trouves à dire ?

Ils poursuivirent la lecture. Les mails devenaient de plus en plus longs et ennuyeux. Mme Poupinel parlait de son enfance, analysait ses relations avec sa sœur, évoquait l'ambiance pesante des repas chez les Poupinel. De temps en temps, elle se catastrophait, à cause des notes de Thomas, des choix musicaux de son mari, de la tristesse de sa vie, de ses erreurs. Elle ne parlait pas du tout des heures qu'elle passait sur eBay, ni de la bague que papa lui avait offerte, ni de ses sautes d'humeur.

Bégaud répondait, point par point, lui offrait son avis, la flattait, lui donnait raison. Peu à peu s'exhala de ses mails un délicieux bouquet de mélancolie tendre, de compliments enrobés dans des tournures confuses, d'aveux avortés, de soupirs, de points de suspension.

— Il fait des grosses fautes, souligna Pauline. C'est pas net.

Mais leur mère ne semblait pas lui en tenir rigueur. Elle qui crisait, autrefois, quand Thomas torturait la langue française, dans ses cartes postales de vacances pour grands-parents.

« Tout ça va te paraître ridicule, mais les jours où tu ne viens pas au magasin, j'ai l'impression d'avoir moins vécu », finit par écrire Bégaud.

Donc elle y allait souvent.

Thomas et Pauline pensèrent en même temps aux tonnes de produits sains qui, depuis quelques semaines, avaient envahi la maison, saturée d'émanations d'huiles essentielles. Sur les radiateurs, des graines germaient. Les salades étaient saupoudrées de levure, le pain était devenu brun et acide, les savons sentaient l'algue.

L'échange épistolaire devenait ensuite un badinage émaillé de demi-aveux, de déclarations suspendues, de sous-entendus plus ou moins poétiques : « Tes épaules roulent comme des dunes blondes » (?), « Tes yeux percent les remparts de mon être ».

— Chiant ! grommela Pauline en sautant une dizaine de messages.

Ils arrivèrent au moment où Mme Poupinel se demandait ce qu'elle devait faire, où elle en était, qui elle était, ce qu'elle avait fait de sa vie, ce que serait un avenir qu'elle imaginait de moins en moins sans lui. « J'étouffe, mais je ne veux pas les faire souffrir », « J'ai besoin de toi mais je ne peux pas les trahir », « Donne-moi encore un peu de temps ».

L'échange s'interrompait sur un dernier message de Bégaud qui donnait à leur mère son adresse perso : 7, rue Pierre-Brossolette. « J'y suis tous les soirs, après la fermeture. Je ne fais rien. Je t'écris. Je t'attends. Rejoins-moi quand tu seras prête. Et je vais te dire un secret : il y a une clé cachée dans le jardin, sous le vase grec. Si tu préfères venir chez moi quand je n'y suis pas, ou me surprendre en pleine nuit, fais-le. Mon domaine est toujours ouvert pour toi. »

— C'est bon ! cria Pauline en brandissant un poing victorieux.

— Quoi ?

— Ils ont pas encore couché ensemble. À nous de jouer.

— Qu'est-ce que tu veux qu'on fasse ?

— On y va. Tout de suite.

— Mais où ?

— À la Maison-Blanche.

Bégaud vivait dans un pavillon quelconque, au bout d'une rue ordinaire, dans un quartier standard. Un jardin sans éclat sommeillait sur son seuil. Quand ils poussèrent le portillon verdi par le temps, deux oiseaux ternes s'envolèrent lourdement d'une branche nue.

À l'angle de la bâtisse, ils aperçurent aussitôt ce que son propriétaire nommait pompeusement le vase grec, et qui n'était qu'une grosse jardinière ornée de guerriers figés dans des combats incompréhensibles.

Thomas jeta un œil prudent vers les façades voisines, guettant le furtif mouvement du rideau qu'on rabat juste avant de prévenir la police. Mais la maison Bégaud était en face de rien, et un panonceau « à vendre » barrait le portail de la seule villa visible. Au-delà commençait une fausse campagne, désolant patchwork d'arbustes et de bouillasse, déparée par d'épais pylônes qui se traînaient vers un horizon sans perspectives.

— Bon, tu viens ? s'impatienta Pauline qui avait déjà récupéré la clé, sous le vase, gardé par un grand lombric.

Et hop, ils furent dans la maison.

Au cinéma, ou dans les bouquins, c'est toujours difficile d'entrer chez les gens, ça prend des heures, il y a des bruits, des obstacles, des objets cassés, voire des sirènes hurlantes et des lumières qui clignotent. Là, non. Un tour de clé, même pas deux, et voilà.

Ils jetèrent un coup d'œil rapide à l'entrée. Grandes dalles propres d'un beige plage, poster d'un festival de jazz 2002, console avec d'autres clés jetées en vrac, téléphone, portemanteau où pendait un blouson de cuir. Légère odeur de légumes cuits la veille. On se serait cru chez quelqu'un qu'on connaît.

— Bon, vite, ordonna Pauline. On trouve son ordi.

Thomas n'avait pas exactement osé demander quel était le plan de Pauline. Il avait trop peur de passer pour une buse. Car il y avait sans doute quelque chose d'évident à faire, dans la situation où ils se trouvaient. Pauline avait l'air de savoir quoi, tandis que lui n'en avait aucune idée. Sa capacité d'improvisation s'exerçait plus sûrement quand il était assailli par un *daimyo* ou lorsqu'il s'agissait de coordonner les forces pour lancer un assaut sur Kyoto. *IRL*, les règles sont floues.

Ils débouchèrent dans un salon de célibataire, structuré autour d'un écran plat et d'un canapé. Beaucoup de plantes, toutefois, et l'évident souci de s'en tenir à du naturel, c'est-à-dire à des matières issues de continents lointains, à des objets confectionnés à la main, où se voyait la trace d'outils simples et ancestraux. Des étoffes chamarrées, des tapis de laine, des rideaux de lin, des abat-jour en papier. Au mur, des photographies sous verre représentant des paysages immenses, des sommets, des forêts, des déserts, des cascades, ou un composé des quatre.

Pas d'ordinateur.

— Pourvu qu'il ne l'emporte pas à son boulot, comme maman, dit Pauline.

Ils gravirent un escalier en bois et pénétrèrent dans une vaste pièce, éclairée par une baie qui donnait sur un ciel gris, traversé de fils électriques.

Des étagères supportaient de gros livres consacrés aux médecines naturelles, à la cosmétique bio, aux énergies renouvelables, au développement durable, aux habitats alternatifs. Sur un vaste bureau trônait un élégant IMac dernier cri.

— Bingo ! cria Pauline. (C'était le genre de truc que les gens disaient, dans ses bouquins.)

Elle fit signe à Thomas de s'asseoir devant l'ordinateur.

— Vas-y, dit-elle. Je fais le guet pendant ce temps. Par la vitre, je vois le jardin et le portail.

— Mais qu'est-ce que tu veux que je fasse ?

— Tu cherches tout ce qui pourrait nous être utile. Des renseignements, des trucs qu'on pourra utiliser contre lui. N'importe quoi. Dès que tu vois quelque chose, tu m'appelles.

Thomas aurait préféré détruire systématiquement tous les objets de la maison, crever les canalisations, arracher les fils et les herbes, lacérer les murs et faire ses besoins dans le lit. Mais il ne s'en ouvrit pas à Pauline, concédant par avance que c'était un plan primaire.

D'ailleurs, il n'eut pas besoin de chercher bien longtemps pour faire des découvertes intéressantes.

La boîte du monsieur révéla tout de suite un fait stupéfiant : il avait eu un nombre impressionnant de correspondantes avant Mme Poupinel, et il échangeait, en même temps qu'avec elle, avec au moins cinq ou six autres femmes !

La plupart du temps, il ne s'embarrassait pas beaucoup, et se contentait d'un copier-coller de ses messages les plus émouvants.

— Viens voir ! dit Thomas à Pauline.

Elle parcourut quelques mails, reconnut certaines formules : « Tes yeux percent les remparts de mon être. »

— Le salaud !

Elle paraissait presque déçue. Comme si, au fond, elle avait espéré que sa mère soit tombée sur quelqu'un de bien.

Thomas quitta l'application, se balada dans les favoris.

— Regarde. Il a un compte Meetic. Apparemment, il fait son marché sur le Net.

Ils se connectèrent, et constatèrent que Bégaud, sous le pseudo « *Aslan* » avait branché bon nombre de femmes. Une lecture rapide des messages leur révéla qu'il savait s'y prendre, séduisait généralement au bout de deux ou trois semaines, et mettait un terme à la liaison dans des délais assez courts. Un mois maximum, à première vue. Après quoi, il gérait la rupture, consolait les pauvrettes, leur offrait des tisanes antioxydant et des crèmes structurantes au beurre de karité. Il puisait dans un stock de formules bidon pompées chez le Dalaï-Lama pour leur enseigner la sagesse qui leur permettrait de trouver leur voie. Apparemment, ça marchait bien. Elles s'accrochaient presque toutes encore un peu, puis il entamait une nouvelle idylle.

— Bon, conclut Thomas. Je vais faire une copie de tout ça sur une clé USB et le faire lire à maman. C'est édifiant.

— Pas question ! coupa Pauline.

Il suspendit le geste d'introduire sa clé dans le port.

— Si tu fais ça, il y a neuf chances sur dix que maman ne te croie même pas. Elle va imaginer que tu as trafiqué les données, elle sait très bien que tu peux créer de faux messages. Tout ce qui proviendra d'un ordinateur n'aura aucune valeur à ses yeux. En plus, elle va nous engueuler à mort d'être venus ici. Et puis, même si elle nous croit, il y a un risque qu'elle pense que ça ne se passera pas de la même façon avec elle. Qu'il a eu beaucoup d'aventures avant, mais qu'elle saura lui procurer la stabilité affective.

Thomas se gratta la tête. Jamais il n'aurait pu sortir des trucs pareils à quatorze ans. Pauline était inquiétante.

— Bon. Alors tu proposes quoi ?

— Éteins la machine. On s'en va. J'ai un début de plan.

Tandis que Thomas refermait les programmes, elle retourna à la baie vitrée et poussa un cri :

— Merde ! Il arrive !

Les intestins de Thomas fondirent et son cœur éclata.

— Planque-toi ! articula Pauline. Par la vitre, il peut voir le bureau.

147

Ils se jetèrent au sol. Thomas leva les yeux vers l'ordinateur et constata qu'il avait eu le réflexe de l'éteindre.

— On aurait dû chercher une autre sortie avant de monter, déplora Pauline, sourcils froncés.

— Qu'est-ce qu'on fait? Vite!

— Pas de panique. Je réfléchis.

— Pas trop longtemps!

Pauline, à quatre pattes, atteignit la porte du bureau, l'entrouvrit, jeta un œil à l'extérieur. Elle tourna brusquement vers son frère un visage décomposé :

— Je l'entends. Il entre!

Elle ouvrit plus largement la porte qui grinça, s'accroupit sur le palier puis fit signe à Thomas de venir. Il la suivit, à quatre pattes. Quand il arriva à son tour sur le palier, il vit Pauline qui se faufilait dans une sorte de placard mural, à porte coulissante, et qui lui ordonnait, par gestes, de la rejoindre. Trois secondes plus tard, ils étaient serrés l'un contre l'autre dans un réduit, en compagnie d'un aspirateur et de produits ménagers naturels qui sentaient la banane.

Pauline avait fait glisser de quelques centimètres le panneau coulissant et ménagé une meurtrière par où elle observait l'extérieur. Thomas, recroquevillé dans le fond, sous la soupente, la nuque cassée, le menton sur les genoux, s'aperçut qu'il tremblait. Bientôt, il entendit des pas lourds dans l'escalier.

— Il monte! chuchota Pauline, d'une voix beaucoup trop forte.

Il voulut lui demander de refermer complètement la porte coulissante, mais s'abstint. Le choc des pas contre les lames du plancher était de plus en plus fort. Il devait être entré dans son bureau. Dans leur réduit, les tuyaux des canalisations amplifiaient les bruits.

Tout à coup, Thomas se demanda pourquoi il avait si peur. Après tout, s'il tombait sur Bégaud, il lui dirait, d'homme à homme, ce qu'il avait à lui dire. Peut-être qu'ils se battraient. Bégaud prendrait pour tous ceux qui pourrissaient la vie de Thomas, depuis quelque temps, c'est-à-dire, en somme, Latreille. Jérémie aussi, avec sa mauvaise humeur. Est-ce qu'un vrai copain se vexe pour si peu? Puis il se rappela qu'il était censé être chez lui, malade, et que le proviseur ne serait sûrement pas ravi d'apprendre qu'on l'avait surpris chez un particulier. Qu'est-ce qui empêcherait Bégaud de porter plainte pour cambriolage? Ses sentiments pour maman? Tu parles! On avait bien vu ce qu'il en faisait, des sentiments.

Il sentit le souffle chaud de Pauline contre son oreille.

— Il faut qu'on s'en aille. On va pas rester coincés ici toute la journée.

— T'es folle? Il est dans son bureau. Il va nous entendre.

— Tu sais bien que je suis claustro!

C'était vrai. Pauline avait toujours souffert d'une phobie des lieux clos depuis que Thomas, quand elle était toute petite, l'avait enfermée deux heures dans un coffre à jouet, pour rigoler.

Il l'entendit respirer avec peine, et sentit que les mains de sa sœur étaient moites.

— Calme-toi. Contrôle ton souffle. Lentement, ça va aller.

Mais ça n'allait pas. La respiration de sa sœur se mit à siffler. On risquait la crise d'asthme. Il voulut dire quelque chose, mais elle avait déjà ouvert la porte et se glissait à l'extérieur. Il hésita une seconde à rester planqué puis la suivit en la maudissant. Pauline ôta ses chaussures et lui fit signe d'en faire autant. La porte du bureau était refermée. Thomas avait constaté tout à l'heure qu'elle se refermait toute seule. Le sort semblait être avec eux. Avec encore un poil de chance, ils pourraient passer devant le bureau, descendre l'escalier en chaussettes et filer.

Au début, ça alla plutôt bien. Aucune latte ne craqua.

149

Aucune articulation. Bizarrement, Thomas ne percevait aucun son en provenance du bureau de Bégaud, mais ses oreilles bourdonnaient tellement, quand il avait la trouille, qu'on ne pouvait pas en conclure grand-chose.

C'est alors que Pauline eut la pire idée de sa vie.

Ce fut, justement, au moment où ils allaient passer sans encombre devant la porte derrière laquelle se tenait leur ennemi. Elle parut se ressaisir, se redresser. Elle fronça les sourcils et pinça le nez, signe d'une colère incontrôlable.

— Et pourquoi on s'en irait comme ça? dit-elle à voix presque haute. Il me fait pas peur, ce connard. Je vais lui dire ce que je pense.

Thomas sentit ses mains s'électrifier. Elle allait les foutre dans une panade noire. Il fallait qu'il lui explique...

Trop tard. Cette dingue venait de donner un grand coup de pied dans la porte et hurlait :

— Alors, espèce de salaud! Tu t'attaques à notre mère, cette fois? Tu veux bousiller la famille Poupinel? Mais on va pas se laisser faire. Oh, non! Et pour commencer, mon frère va te casser la gueule.

Thomas soupira. Il n'était pas du tout motivé. Mais pouvait-il décemment reculer? Il avait reculé trop souvent. En fait, il ne s'était jamais vraiment battu, sauf une fois, en CP, contre un petit à lunettes inoffensif, et il n'en était pas fier. Mais là, l'occasion lui était offerte de prouver sa valeur.

Il fit un pas en avant, entra dans le bureau.

La pièce était vide.

Pauline se roulait par terre en se tenant les côtes, et hurlait de rire.

— La tête! La tête que tu fais!

Elle se calma, au bout de quelques minutes, et s'essuya les yeux :

— Alors, je suis nulle en théâtre?

Complètement abasourdi, Thomas s'était assis sur le plancher.

— Mais les pas ! s'exclama-t-il, les pas dans l'escalier ! Je les ai entendus !

Pauline haussa les épaules :

— J'ai juste cogné avec mon pied contre un tuyau. Tu étais tellement conditionné que tu y as cru. C'est ça, l'illusion théâtrale. Tu y étais, dans la situation ? T'as eu des émotions ? Les poils qui se dressent ? Déstresse. Bégaud n'a pas quitté sa boutique.

Elle sauta sur ses pieds.

— Allez, on rentre. J'ai faim.

– 31 –

Ce soir-là, en passant devant la chambre de sa fille, Mme Camusot entendit des sanglots. Elle entra, sans frapper, et trouva Esther en larmes sur son lit. Elle s'assit à côté d'elle, et la prit dans ses bras.

— Raconte-moi, si tu veux, murmura-t-elle.

Esther se moucha bruyamment et s'essuya les yeux, contrariée d'être consolée.

— Tu sais bien. C'est à cause du garçon, Thomas. Je crois que c'est fini. On s'est disputés.

— Fini ? Mais j'avais cru comprendre que ça n'avait pas commencé.

— Presque pas.

Esther rougit.

— Tiens, dit sa mère pour faire diversion, un monsieur est venu rapporter son vélo, aujourd'hui. Le vélo de Thomas. Je n'ai pas bien compris. Cet homme a dit qu'il travaillait à la déchetterie, et qu'il a conduit

Thomas ici l'autre jour. Apparemment, il essayait de venir à vélo et il s'était perdu.

Esther fit une moue incrédule.

— Il m'a dit qu'il était venu à pied. Il m'a menti. C'est nul !

Mme Camusot haussa les sourcils.

— Esther, arrête avec ton intransigeance. Il t'a menti pour avoir l'air plus héroïque. C'est un mensonge d'amour. Tout le monde fait ça.

— Toi, tu m'as déjà menti ?

— Bien sûr ! Des tas de fois !

Esther n'en revenait pas. Le monde était un bourbier.

— Mais quand, par exemple ?

— Par exemple, la fois où je t'ai dit qu'on ne mourait que quand on était très vieux. Tu avais tellement peur de mourir pendant la nuit que tu ne dormais plus. J'ai inventé un truc et tu as dormi.

— Oui. Mais je ne t'ai pas crue.

— Menteuse !

Elles sourirent, toutes les deux. Esther poussa un profond soupir humide.

— J'arrive pas à plus penser à lui. C'est horrible. Je lui ai dit qu'il avait été salaud avec son copain Jérémie, et après il m'a fait des reproches. Je crois qu'il m'aime plus.

Sa mère sourit.

— Tu es trop exigeante avec les garçons, Esther. Tu rêves de l'homme parfait, et tu n'as pas fini de pleurer.

— Parfait ? ça risque pas. C'est un geek.

Mme Camusot n'osa pas demander l'exacte signification du terme, ni ce qu'il impliquait. Elle opina d'un air vague.

— En plus, ça me déconcentre, je foire toutes mes figures. Je serai jamais prête pour le championnat.

— Ne te mets pas la pression. Souviens-toi de nos accords : je t'autorise à participer à ces championnats pour faire plaisir à ton père. Mais si je vois que ça a des incidences sur ta santé ou sur ton moral, j'arrête tout.

— Tu y crois pas vraiment, hein ? Pour toi c'est un passe-temps ?

— Pas du tout. Je sais que c'est une passion, mais les passions, ça peut vous dévorer.

Elles se turent pour réfléchir, chacune de son côté.

— Tu sais ce que tu devrais faire ? Demain, tu vas le voir et tu t'expliques.

— Mais au lycée, on peut pas causer. On est entourés de connards, t'imagines même pas. Je hais les gens de mon âge ! En ce moment, on nage dans les trucs glauques à cause de la culotte de la prof de français !

— Pardon ?

— Laisse tomber. De toute façon, aujourd'hui, il était malade. Je le verrai peut-être encore pas demain.

— Je vois. C'est ça qui te tracasse. Eh bien, passe le voir chez lui après les cours. Tu sais où il habite ?

Esther regarda sa mère avec ébahissement. Les adultes s'imaginent que le monde est simple ! On passe chez Thomas après les cours. Salut, c'est moi ! Je viens causer !

— Oui, je sais où il habite. Mais je vais pas aller chez lui ! Je vais me taper la honte !

— Voilà bien une réaction typique des gens de ton âge.

Esther battit des cils. L'idée, d'un seul coup, l'enthousiasmait. Elle n'était pas pour rien la fille de sa mère. Au fond, est-ce que c'était si compliqué que ça ? Enfin, elle verrait sa chambre. Et celle de Pauline. Au pire, si ça tournait mal, elle pourrait toujours dire qu'elle venait dire bonjour à sa copine.

— OK. Je vais lui dire qu'on a retrouvé son vélo. On verra ce qu'il va répondre.

— Non, Esther. Ce vélo, tu oublies, d'accord ? Inutile de l'humilier en soulignant ses mensonges. D'ailleurs, il est complètement pourri, et trop petit pour lui. Je vais le rapporter à la déchetterie.

Esther se jeta au cou de sa mère.

— D'accord, j'en parle pas. Mais on le garde. Je veux avoir un objet de lui. En plus, ça me fait plaisir de savoir qu'il est monté sur un vélo pour venir me voir. Un vélo, c'est un peu un début de cheval, non ?

Mme Camusot secoua la tête.

— Ma fille, tu m'inquiètes. Je crains fort que tu ne sois vraiment amoureuse.

– 32 –

Le lendemain, Thomas et Pauline déclarèrent qu'ils n'allaient pas du tout mieux. Ils retoussèrent, regémirent, ne repurent se lever. Les parents leur accordèrent une nouvelle journée de vacances. Mais ce serait la dernière ! Les enfants promirent, on prévint les établissements. Leur mère, avant de partir, les gronda tendrement :

— Hier à midi, quand je vous ai appelés, vous n'avez pas répondu. Je me suis fait du souci.

Thomas et Pauline échangèrent un regard. Au moment du coup de fil de leur mère, ils se trouvaient dans le bureau de Bégaud. Heureusement qu'elle n'avait pas eu idée de rentrer à la maison pour voir ce qui se passait.

— On dormait, maman. Franchement, on n'a pas entendu le téléphone.

Pauline progressait vraiment, en théâtre. Elle était presque crédible.

Dès qu'ils se retrouvèrent seuls, les adolescents foncèrent sur l'ordinateur. Thomas eut un sursaut, avant de l'allumer, en pensant à Esther. Mais l'image de la jeune fille le rendit triste. Il avait tout abîmé, avec elle. Leur dernière entrevue se résumerait à une querelle à propos de son meilleur ami. Lamentable. Il appuya sur le bouton.

— C'est quoi, le plan, cette fois ? s'enquit-il.

Il s'en remettait maintenant complètement à Pauline. C'était elle qui gérait le dossier maman. Pour la suite, on verrait.

— On va brancher une meuf.

Il lui lança un regard stupéfait. Qu'est-ce que c'était que ce vocabulaire ? Il n'avait pas vu la transition entre le moment où Pauline allait à la maternelle avec des nattes et maintenant.

— Tu peux développer ?

— On va créer un profil, sur un site de rencontre, au nom de Bégaud. On va mettre sa photo. Ce crétin en a envoyé plein à maman, où il fait le beau. Ça marchera. Les filles sont bêtes.

Thomas s'abstint de commenter. Mais il gardait cette réplique en réserve. Ça pourrait servir.

— Donc on branche une meuf, on la chauffe, on la drague, et ensuite on lui donne rendez-vous pile dans le restau où il est en train de bouffer avec maman. Et là, ça clashe. Et maman comprend à quel genre de salaud elle a affaire.

Thomas se gratta la nuque.

— Attends ! C'est débile ! Pourquoi il irait donner rendez-vous à une nana alors qu'il est en train de bouffer avec une autre ?

— C'est prévu. Je t'expliquerai. Pour l'instant, crée son profil sur un site de rencontres.

— Sur Meetic ?

— Mais non, il y est déjà, sur Meetic. Va sur Baloo, par exemple. Vérifie d'abord qu'il y a pas déjà montré sa face.

155

— Je crois pas. J'ai pas vu de traces de Baloo sur son ordi. Et puis, généralement, quand les gens sont sur un site de rencontres, il y restent.

— Tu sais ça, toi ?

— Fous-moi la paix.

En quelques minutes, Thomas inscrivit donc Bégaud, sous son vrai nom, avec sa photo, sur le site gratuit Baloo. Sur les conseils de Pauline, il ne révéla pas qu'il tenait la boutique Vitabio. Il ne fallait pas que la fille le repère tout de suite *IRL*. Il renseigna toutes les rubriques portant sur ses goûts, ses habitudes, ses hobbies, ses désirs.

— Qu'est-ce que je mets dans «Genre de relation souhaitée» ?

— Attends, dit Pauline en s'emparant du clavier. Laisse-moi faire.

Et elle inscrivit : «Relation brûlante, tempêtes sentimentales, alternances de grands soirs et de petits matins. Abolition définitive de la routine.»

Thomas la dévisagea.

— D'où tu sors des trucs comme ça ?

— Je lis des livres. C'est un concept que tu as du mal à cerner.

Deux notes suaves les interrompirent. Ils avaient un message de «Jolie Chouquette.»

— Ça mord, dit Pauline. Je prends le relais.

Virant Thomas du fauteuil, elle engagea une conversation coquine avec Jolie Chouquette. Apparemment, aux plans intellectuel et orthographique, cette dernière n'était pas tout à fait à la hauteur.

— Pas grave, dit Pauline. C'est pas son cerveau qui m'intéresse.

Elle bombarda donc la Chouquette de propos suggestifs où transparaissait l'image d'un homme expérimenté, libertin mais tendre, qui aimait les chats (fondamental, les chats). Au bout d'une demi-heure, quand Pauline *uploada* les photos de Bégaud torse nu, Chouquette craqua. Elle voulait un rendez-vous n'importe où, n'importe quand.

— Génial! avoua Thomas.

— Attends, t'emballe pas. Il faut qu'on voie sa tête.

— Pourquoi? ça a une importance?

— Ben oui. Il faut qu'elle joue dans la même catégorie que maman. Si c'est un thon, elle sera pas crédible une seconde. Bégaud est habitué à tomber de la bombasse.

Thomas, dépassé, acquiesça.

«Envoie une photo, stp», tapota Pauline.

Chouquette s'exécuta. Une micro-mélodie signala l'arrivée d'un fichier jpg. Ils l'ouvrirent.

La cata! Chouquette était un thon.

Consternée, Pauline examina longuement la physionomie ingrate de Chouquette, d'autant plus navrante que la jeune femme avait visiblement eu recours aux services d'un visagiste, voire d'un relooker professionnel, qui avait consciencieusement appliqué les codes de l'esthétique télévisuelle : hérissement de mèches polychromes, lèvres pétrole, cils atomiques, pommettes globuleuses, finitions botuliques.

L'ensemble évoquait une sorte de Frankenstein transsexuel.

— Forcément, conclut Pauline. C'est des losers qui vont sur ce site. Ça va pas être simple. On recommence.

«Désolé, annonça-t-elle à Chouquette, j'ai peur que nos chakras soient pas en harmonie. Y a des trucs qu'on sent au premier regard. C'est hyper important de tenir compte des flux d'énergie. Vaut mieux pas qu'on s'embarque pour un naufrage. Bon vent, Chouquette!»

Puis elle marqua comme «indésirables» les éventuels nouveaux messages de la candidate éconduite.

Heureusement, trois autres filles se bousculaient déjà au portillon : «Sweet flower», «Titoune19» et «Lovepower».

— Les pseudos pourris ! rigola Thomas.

— T'as raison, *Chupa-Chups.*

Vexé, Thomas ne suivit plus que d'un œil les opérations menées par sa sœur. Peu à peu, celle-ci gagna en efficacité, s'arrangeant pour obtenir rapidement la photo des prétendantes. Elle élimina d'emblée une mère célibataire en surpoids, une coiffeuse anorexique, une femme mariée qui rêvait d'aventure, une retraitée sémillante, adepte du trekking, un étudiant en droit, et des jumelles entre deux âges.

À midi, on avait peu progressé. Thomas se sentit vide et nauséeux. Qu'est-ce qu'ils étaient en train de faire exactement ? Comment pouvait-il croire que Pauline, avec ses pauvres magouilles, sauverait le couple Poupinel ? Elle se berçait d'illusions parce qu'elle avait quatorze ans. Mais lui, Thomas, en comptait seize et, par conséquent, connaissait la vie. Il voyait bien que tout ça ne le mènerait à rien. Dans quelques mois, au plus, leurs parents divorceraient. Leur mère, larguée par Bégaud, sombrerait dans un désespoir sans fond qui la conduirait à se nourrir de tisanes et de soupes. Elle louerait un appartement dans la zone, il devrait partager avec Pauline une chambre exiguë et mal chauffée. Il y aurait un ordi pour trois, la connexion ADSL serait insuffisante. Les fenêtres donneraient sur le parking d'une supérette.

— Je crois qu'on la tient, annonça Pauline.

Thomas, qui s'était vaguement assoupi, ouvrit les yeux et scruta le visage souriant affiché sur l'écran.

— Alors ? s'inquiéta Pauline.

— Ouais. Pas mal.

Elle pouvait avoir une trentaine d'années, yeux rieurs noisette, lourde chevelure, dents joliment irrégulières, oreilles bien collées, menton normal.

— Qu'est-ce qu'elle fout sur Baloo ? Elle pourrait rencontrer des vraies gens.

— Elle dit que ça l'amuse, les aventures Internet. Elle en a marre de sortir avec des collègues.

— Qu'est-ce qu'elle fait dans la vie ?

— Elle bosse dans une grosse boîte de pompes funèbres.

— Ah.

Pauline expédia un dernier message, puis quitta l'application.

— Qu'est-ce que tu fais ?

— Je la garde en réserve. J'ai dit que je devais filer au taf. Faut toujours avoir l'air occupé. Pas trop dispo. Je la recontacterai régulièrement. Et quand je la sens prête, on passe à l'action.

Thomas regarda sa montre. Il était une heure de l'après-midi. Il détestait cette heure-là. C'était une heure vide qui s'ouvrait sur de longs moments insipides.

Peut-être les choses auraient-elles pu moins mal tourner, s'il avait été une autre heure. Mais tout s'enchaîna mollement, pour le pire.

D'abord, Pauline bâilla. Ses yeux la brûlaient, à force d'avoir tartiné des inepties pendant trois heures, dans des fenêtres constellées de pop up criards. Elle désira se reposer, se fit un sandwich Babybel mayonnaise, et sortit voir s'il y avait du courrier.

Il y en avait. Elle reconnut immédiatement, au fond de la grande boîte aux lettres, l'enveloppe couleur écorce où l'attendait le nouveau numéro de *Poney Girl*. Bringuebalée par les derniers événements, elle avait négligé, contrairement à ses habitudes, de se préparer à l'arrivée de sa revue culte, qui lui dispenserait très exactement deux heures quarante de pur plaisir : une nouvelle aventure de Laurina, une BD assez mal dessinée qui racontait les aventures d'une fille de son âge, dont les parents possédaient un ranch, un reportage sur les fjords, des poneys nordiques qui ne craignent pas le froid, des conseils sur la tonte des chevaux, plusieurs quizz dont un géant, un test pour décrypter ce que veut te dire ton cheval et, en bonus, un sticker album garni d'un maxi poster.

Elle monta quatre à quatre dans sa chambre, sans refermer à double tour la porte extérieure, comme le lui avait enjoint leur mère, finit son sandwich sans le mâcher, se jeta sur son lit, enfila ses écouteurs, régla le volume de sa compilation spéciale *Poney Girl*, précisément conçue pour accompagner sa lecture tout en la protégeant des vacarmes du monde.

Une minute plus tard, elle n'y était plus pour personne, et Thomas se sentit seul.

Il avait jeté un œil dans la chambre de Pauline et aussitôt compris en reconnaissant l'extase caractéristique qui nimbait son sourire. Cette fille se shootait aux canassons. Il y avait quelque chose, dans la psychologie féminine, qui échapperait toujours à Thomas.

Il regagna son propre lit, réfléchit, ressassa, remâcha, rumina, s'avachit.

Une voix intérieure, pourtant, lui répéta que rien n'était perdu. Il fallait classer les problèmes, les mettre dans des boîtes séparées. Le lycée, Latreille, les parents, Esther.

Les jeux.

S'il parvenait à s'expliquer avec Esther, il pourrait rattraper ses bévues. Si elle l'aimait vraiment, elle ne se laisserait pas décourager par les quelques erreurs qu'il avait commises. L'important n'était-il pas qu'il avait réussi à se priver, pour elle, de *Forsaken World*?

Mesurait-elle le sacrifice qu'il lui faisait? Il ne fallait pas négliger l'état de dépendance dont souffrait Thomas. Il était un grand malade, ne l'oublions pas! Rien d'étonnant à ce que cette traversée de l'enfer du manque fût entachée de quelques légers pétages de plombs.

Il admira son argument.

160

Mais ça n'allait pas mieux. Il était toujours une heure de l'après-midi. Le temps s'était englué. Thomas lança un regard torve à l'écran de l'ordi, que Pauline n'avait pas éteint. Un grand *Pyromage* lui adressa un sourire triste.

Ce qu'Esther ne mesurait pas, c'est qu'un renoncement aussi brutal à tout ce qui avait constitué la pulpe, la chair, l'essence de sa vie depuis déjà plusieurs années, pouvait avoir des conséquences assez dangereuses sur sa santé. Du jour au lendemain, ne plus croiser d'*Osamodas*, ne plus élaborer de plans pour *Minecraft*, ne plus arpenter les paysages brumeux de la montagne *Hyjal*, c'était déchirer ses rêves. Selon Esther, les jeux étaient une drogue. Elle pensait le sevrer, comme on soigne un alcoolique, par l'abstinence radicale. Mais elle se trompait. Ce qu'elle lui faisait vivre était une mutilation, un exil, un bannissement.

Elle n'avait pas pensé non plus à tous les gens qu'il trahissait à cause d'elle, à toutes les guildes désorganisées, à toutes les histoires définitivement orphelines de leur dénouement.

D'ailleurs, les agacements dont il souffrait, son irascibilité, sa tristesse, tout cela indiquait clairement que le traitement brutal qu'elle voulait lui administrer avait des répercussions néfastes.

Si encore leur mère n'avait pas choisi ce moment pour désintégrer la famille. Fallait-il en parler à Esther ? Elle comprendrait. Ça pouvait même jouer en sa faveur. Les filles adorent les divorces. Elle le plaindrait.

Pas question.

La famille d'Esther était beaucoup trop saine. Il parut à Thomas qu'on ne divorçait pas, dans le monde des chevaux. Les mères n'avaient pas d'amants. Pas d'Internet. Le soir, après une bonne soupe, tout le monde allait se coucher. On n'entendait plus que la pluie qui frappait les grandes ardoises du toit, les planches des écuries.

De loin en loin une bête bronchait dans son box. C'était ainsi depuis des siècles. Esther ne pourrait pas s'empêcher de mépriser les Poupinel, cette mère volage, ce père dépassé. Thomas se promit de garder pour lui leurs petites affaires sans gloire.

Il regarda sa montre. Toujours la même heure.

Pauline était plongée dans sa revue. Elle ne risquait pas de descendre avant un bon moment.

Ce qui aurait peut-être été possible, à l'extrême rigueur, et juste pour faire avancer le temps, juste pour sortir de cette nasse où il était coincé, ç'aurait été de faire un tour rapide du propriétaire. Voir comment les jeux avaient évolué sans lui. Il s'arrangerait pour ne pas laisser de traces de son passage, jetterait un coup d'œil. Par exemple, est-ce que ses compagnons avaient réussi à s'emparer de la citadelle côtière? Est-ce qu'on avait pu se débarrasser de l'odieux *Draeneï* qui terrorisait la région d'*Holodek*? Est-ce que son avatar avait été définitivement exclu de *SBK*?

Il ne s'agissait pas à proprement parler de rejouer. Juste de se rendre compte. Comme un fumeur qui manipule son paquet de clopes sans l'ouvrir, qui en porte une à ses lèvres sans l'allumer.

Une demi-heure plus tard, il était plongé dans une expédition palpitante, au cœur d'*Azeroth*. Il avait mis le casque sur ses oreilles. Le son était époustouflant de réalisme et de poésie. Une douce excitation brillait dans ses yeux, tandis que ses doigts dansaient sur le clavier.

La fatalité voulut qu'Esther se présente à peu près à ce moment-là à la porte de la maison Poupinel. À cause de l'absence de la prof de français, elle avait fini ses cours plus tôt et s'était rendue à pied chez Thomas et Pauline, décidée à parler, à s'expliquer, à dissiper les embrouilles. Un vent frais caressait ses cheveux. Elle se sentait bien.

Personne ne répondit à son coup de sonnette, mais la

porte n'était pas fermée. Elle la poussa, timidement, et se retrouva chez Thomas.

Elle reconnut l'odeur qu'elle avait déjà sentie sur le blouson du garçon. Un parfum de cardamome et de pain d'épice. Son cœur battit, elle vit que le salon était désert et, souriante, gravit l'escalier sur la pointe des pieds.

La première porte qu'elle poussa était celle de la chambre de Thomas.

Un désordre sordide y régnait. C'était un cimetière de chaussettes sales et d'emballages vides.

Thomas lui tournait le dos. Rivé à son écran, coiffé d'un casque énorme, il écrasait nerveusement les touches en poussant, de temps en temps, un léger grognement.

Esther repartit sans rien dire.

– 33 –

En arrivant au lycée le lendemain, Thomas apprit que Mme Friol était revenue, elle aussi, et qu'elle était d'une humeur abominable.

Elle avait traversé la cour sans un mot, sans un regard, même pour Latreille.

Thomas, à vrai dire, n'y accorda pas beaucoup d'importance. Il fut surtout tétanisé par l'attitude d'Esther.

Au début, il n'y crut pas.

Elle se tenait dans le groupe de Latreille, et paraissait en grande conversation avec Anaïs Lebel. Il sembla même à Thomas qu'Esther riait. Mais il ne put en être certain car il s'interdit de les regarder plus d'une seconde.

Désorienté, il aperçut Jérémie, qui s'entraînait à dessi-

163

ner un parpaing, sur son carnet de croquis. Il fit vers lui quelques pas timides.

— Salut, osa-t-il.

Jérémie ne leva pas les yeux.

— Salut, concéda-t-il cependant, d'une voix de cadavre.

Thomas faillit trouver ça positif, mais il était trop préoccupé par Esther pour trouver quelque chose d'intelligent à dire à Jérémie.

— C'est quoi? lui demanda-t-il en se penchant sur son dessin. On dirait un gros fromage.

Il ne faut jamais demander à un dessinateur ce qu'il est en train de dessiner. C'est terriblement humiliant. Il est vrai que le parpaing de Jérémie n'était pas très réussi mais le parpaing est un sujet difficile.

— Ouais? Et toi? On dirait quoi? Tu reviens pour tenir la chandelle?

— Comment ça?

Jérémie, d'un coup d'épaule, désigna Esther et Latreille.

— Ils vont sortir ensemble.

À défaut de les dessiner, Jérémie savait très bien vous les balancer dans la tête, les parpaings.

— Tu déconnes?

— Elle m'a dit que t'étais pas fiable et que Latreille était mignon.

Thomas avala sa salive, qui s'était transformée en vomi.

Il n'eut pas le temps d'en apprendre davantage. La sonnerie retentit et il se retrouva, quelques minutes plus tard, à sa place, en classe. Esther s'était assise à côté de Latreille. Mme Friol, au bureau, exhibait un livre énorme et un sourire bizarre.

— Ça vous dit quelque chose?

Ils déchiffrèrent le titre, trompeusement bref : *Madame Bovary*.

— Plus de cinq cents pages, jubila Mme Friol. Pratiquement aucune action. Quatre-vingts pour cent de descriptions dont, au début, près d'une page pour une simple casquette. Et je vous raconte la fin : elle se suicide.

C'était clair : Mme Friol se vengeait des avanies qu'on lui avait fait subir et que, en l'absence de coupable désigné, elle imputait à l'ensemble de ses élèves.

— Vous avez dix jours pour le lire. Le contrôle de lecture sera terrible. Pointilleux, exigeant, tatillon. Quarante questions. Coefficient cinq. N'espérez pas vous en tirer avec un résumé trouvé sur Internet.

Dans le silence exceptionnel, elle entama une déambulation théâtrale parmi les tables, une main dans le dos, l'autre écrasant le livre contre sa poitrine bombée. Brusquement, elle dardait un regard d'exorciste sur quelqu'un, qui paraissait aussitôt s'émietter sur sa chaise.

— Celui qui m'a agressée, avec cette vidéo dégueulasse (elle employa ce mot, qui fit son effet), s'imagine sans doute que je suis profondément affectée, blessée, diminuée.

Silence. Plusieurs pas lents.

— Il n'en est rien ! gueula-t-elle à la figure de Jérémie.

Puis, pour faire un exemple, elle s'empara du croquis de parpaing sur lequel il s'acharnait encore, et le déchira, lâchant, dans l'élan, *Madame Bovary* qui claqua sur le sol.

— J'ai eu un moment de faiblesse, une réaction bien compréhensible, mais c'est fini. Je suis de retour. I'm back ! Et n'imaginez pas que je vais me taire, au motif qu'il s'agit de mes sous-vêtements. On peut être prof sans être coincé, croyez-moi !

Elle illustra cette dernière affirmation d'une grimace de reptile repu qui fit froid dans le dos.

— Vous ne me bâillonnerez pas avec ma culotte, conclut-elle, en une envolée, visiblement improvisée, qui parut soudain l'embarrasser un peu.

D'autant que le proviseur, entré sans qu'elle s'en aperçût depuis quelques minutes, avait entendu la martiale péroraison.

— Je venais m'assurer que tout allait bien, madame Friol, et rappeler à vos élèves que l'enquête était loin d'être close.

En découvrant sa présence, tout le monde se leva, dans un immense grincement de chaises. Mme Friol ramassa le roman et le replaça entre ses seins.

— Merci, monsieur le proviseur.

Il la salua, d'un hochement sec, et disparut.

Le reste du cours se passa comme d'habitude, dans un bordel monstre.

Thomas n'était pas très inquiet, pour le bouquin. Son arrangement avec Pauline était clair. C'était elle qui lisait tout ce que leur prescrivaient les profs de français. Elle établissait une fiche de lecture précise et détaillée, prévoyait exactement les questions du contrôle de lecture, assortissait le tout de commentaires de son cru, vachement fins, et s'arrangeait toujours pour que Thomas s'en sorte avec un bonus. Les fiches étaient écrites au verso des emballages de barres de céréales que les profs vous autorisaient à grignoter, pendant les contrôles, parce que, malgré tout, il leur restait quelque chose d'humain.

Naturellement, tout cela se payait. Il y avait des tractations. Un livre aussi consistant que *Madame Bovary* vaudrait sans doute à Thomas une dizaine de séances au bowling, trois sorties cinéma pour aller voir des daubes (Pauline aimait frimer devant ses copines, en étant accompagnée de son grand frère), et peut-être une longue promenade dans la campagne pour aller caresser le museau d'une vieille jument toujours pas morte, qui vivait derrière une barrière dans un champ sinistre, et que Pauline adorait parce qu'ils allaient se balader là-bas avec les parents quand ils étaient petits. Maintenant, ils avaient le droit de s'y rendre seuls.

Non, ce qui anéantissait Thomas, bien sûr, c'étaient les révélations de Jérémie. Pourquoi Esther avait-elle laissé entendre qu'elle accepterait les avances de Latreille ? Quelque chose clochait. C'était invraisemblable. La sanction n'était pas à la mesure de l'affront que Thomas lui avait fait. On s'enfonçait dans un malentendu sans retour.

À la récréation, il n'avait toujours pas compris.

Drapé dans sa dignité en lambeaux, il se réfugia au milieu d'une volée d'élèves de seconde, qui parlaient Pokémon. Leurs caquètements l'étourdirent, et l'empêchèrent de capter ce que Latreille, pourtant pas très loin, disait à Anaïs Lebel.

Latreille disait :

— J'attaque. Tu vas voir. Tu paries qu'elle accepte ?

Anaïs rit. C'était son mode habituel de communication. Elle avait du mal avec les mots, ayant suffisamment de jugeote pour s'être rendu compte que tous ceux qui sortaient de sa bouche, par une inexplicable malédiction, relevaient de la plus abyssale débilité.

— Ça te fait marrer ? se vexa Latreille.

Il parcourut d'un pas résolu les quelques mètres qui le séparaient d'Esther. Sa nouvelle proie paressait, d'un air absent.

— Salut, la belle, sourit-il. C'est encore moi.

Elle posa sur lui ses yeux profonds, sans répondre. Les silences d'Esther paraissaient aussi intelligents que les mots d'Anaïs étaient stupides. Latreille posa son bras lourd sur les épaules d'Esther, et l'attira contre lui.

— Je me suis dit que, toi et moi, on pourrait faire un bout de chemin ensemble. Qu'est-ce que tu en penses ?

Il expédia un discret clin d'œil à Anaïs qui entendait tout, et faisait mine de consulter son portable.

— Tu sais, soupira Esther, parfois, j'imagine que, toi et moi, nous sommes les derniers humains survivants, après une catastrophe nucléaire.

Latreille hocha la tête. Cette évocation romantique lui paraissait tout à fait prometteuse.

— On est seuls. Je ne sais pas pourquoi, j'imagine que nous sommes sur une île. Il y a des animaux, des perroquets multicolores.

— C'est bien, une île, approuva Latreille qui imagina avec une grande précision Esther en maillot de bain.

— Et là, poursuivit Esther, je rêve que tu me proposes de t'unir à moi. De me faire un enfant pour régénérer l'Humanité.

Latreille sentit quelques gouttes de sueur perler le long de ses clavicules. Cette fille était carrément excitante, en fait. Anaïs Lebel n'en revenait pas.

— Tu rêves souvent à ça? triomphait Latreille. Et si tu me racontais la suite?

— La suite, dit Esther, c'est que je vais chercher un gorille.

— Un gorille?

— Oui. Je préfère encore coucher avec un gorille.

Elle marqua une pause puis, plantant ses yeux dans ceux de Latreille, elle ajouta :

— Dans l'intérêt de l'Humanité.

Ensuite, elle rejoignit Jérémie, en finissant de vider sa bouteille.

Un silence sembla s'abattre sur la cour. Anaïs Lebel était tellement stupéfaite qu'elle avala son chewing-gum, machinalement.

Mais personne n'osa rire, à cause du regard que Latreille, à cet instant, planta dans le dos qu'Esther lui tournait.

Et tout le monde sut qu'elle venait de commettre une grosse, grosse erreur.

## 34

— Alors ? demanda Thomas.

Pauline, assise devant l'écran, lisait *Madame Bovary* tout en correspondant avec la fille qu'ils avaient levée sur Baloo. Elle menait les deux de front, sans difficulté. La conversation galante ne paraissait pas mobiliser un fort pourcentage de ses capacités mentales.

La question de Thomas était vague. En fait, c'était surtout pour dire quelque chose. Il s'ennuyait, sur son lit, avachi dans un jogging mou. Sa vie était ruinée, il fallait voir les choses en face. Certes, Esther avait, apparemment, fusillé Latreille, et c'était admirable. Mais, pour autant, elle n'était pas revenue vers lui, alors à quoi bon vivre ? De surcroît, il se maudissait d'avoir cédé à la tentation de rejouer. Ses aventures virtuelles de la veille ne lui avaient procuré qu'un plaisir frelaté, honteux, comparable à celui de gratter une plaie en cours de cicatrisation. Il ne pouvait s'empêcher de penser que le destin le punissait. Parce que, c'était évident, il y avait Quelqu'un ou Quelque chose, Là-Haut, qui tenait les comptes et le score devait s'afficher Quelque part.

— C'est pas si mal, concéda Pauline en agitant le volume. C'est même assez bien vu. Un peu lourd, par moments, mais ça m'a donné une idée.

Thomas détestait que quelque chose donne une idée à Pauline. Les idées de Pauline débouchaient toujours sur des moments ridicules ou pénibles pour lui. Ou ridicules ET pénibles.

Il préféra ne pas lui faire préciser ce qu'elle voulait dire. Par bonheur, Pauline oubliait assez souvent ses propres idées.

Un message de l'amoureuse virtuelle vint opportunément la distraire. Pauline en prit connaissance.

« Tu t'amuses à jouer avec moi, coquin. Ton image hante mes nuits. »

— Je crois qu'elle est chaude comme une baraque à frites, analysa Pauline.

C'était une expression de papi, le père de papa, que Pauline adorait.

— Qu'est-ce que tu vas faire, maintenant ? s'inquiéta Thomas.

— T'inquiète, répondit Pauline. Je passe à la phase B.

Et elle tapa ceci :

« Crois-moi, j'essaie pas de jouer avec toi. Mais j'ai un problème. Il faut que tu m'aides à le résoudre. Tu sais ce que c'est que l'érotomanie ? »

— Non, c'est quoi ? demandèrent, presque en même temps, Thomas et la fille de Baloo.

« C'est une maladie mentale, répondit Pauline, caractérisée par le fait que la personne s'imagine qu'elle est aimée d'amour par quelqu'un. Une forme de délire. »

— Mais qu'est-ce qui te prend ? Pourquoi tu lui parles de ça ?

— T'inquiète, sourit Pauline. C'est la phase B.

Elle se remit à taper, avec beaucoup d'aisance.

« J'ai une collègue de boulot qui s'imagine que je suis amoureux d'elle, tout ça parce que je lui ai fait un sourire une fois. Elle me harcèle. Elle me colle. Elle me poursuit. Elle veut qu'on se marie. Tu vois le genre ? »

« Je la comprends, répondit la fenêtre de dialogue. Tes sourires sont trop *cute*. »

— Mon Dieu, grommela Thomas.

— Je me débrouille bien, en beau mec, non ? gloussa Pauline.

— Bégaud n'est pas un beau mec. Où tu nous embarques, là ?

— C'est un beau mec. Maman a du goût. Tu vas voir où je nous embarque.

Elle écrivit :

« Il faut que tu m'aides à me débarrasser de cette glu. Après, on sera libres. Je passe mon temps à lui expliquer qu'elle délire, que j'ai quelqu'un d'autre, que je veux qu'elle me lâche. Elle ne me croit pas. Mais j'ai un plan. Il faut frapper un grand coup. Tu es partante ? »

La réponse arriva, après quelques secondes qui firent froncer les sourcils à Pauline.

« OK. J'adore. Mais après, tu me promets qu'on se fait des câlins ? »

— Ignoble, grimaça Thomas.

« Après, promit Pauline, je te promets un feu d'artifice. »

Thomas secoua la tête, dégoûté.

« C'est quoi, ton plan ? » s'impatienta la fille.

« Je te le dirai demain, dors bien, Sweet Heart », conclut Pauline.

Et elle se déconnecta.

— Il faut la faire mariner. Elle a accepté trop vite. On verra demain si elle est toujours d'accord.

— Mais c'est quoi, ton plan ? s'énerva Thomas. J'ai l'impression que tu es en train de faire une énorme connerie. On n'est pas dans un film, Pauline.

— Ne m'appelle pas Pauline. Tu sais que j'ai horreur de ça. Tu en sais assez pour l'instant. La suite demain.

Elle rouvrit *Madame Bovary*.

— Ça parle de quoi, en gros ? soupira Thomas.

— Une meuf qui rêve. Elle a lu des tas de bouquins, elle s'imagine qu'elle va rencontrer le prince charmant. Et là, elle tombe sur un loser. Charles Bovary. Un toubib minable. Il l'épouse, elle s'ennuie dans un bled paumé. Lui, il s'en rend pas compte. Il voit rien. Elle, elle continue de rêver, parmi les ploucs.

— Ouais. N'importe quoi.

— N'importe quoi ? Ça te rappelle pas papa et maman ?

— Tu viens de dire que le mari est un loser !

— Ben oui.

Silence gêné.

Ça les embêtait, tout de même, d'appliquer à leur père un terme si bas. Et surtout de reconnaître que ce jugement n'était pas totalement infondé.

— C'est pas vraiment un loser, modéra Pauline. Mais il fait pas assez gaffe à maman. Il est pas assez attentif. C'est pour ça qu'elle est malheureuse.

— Arrête ! Il lui a payé une bague !

— Même. Ça fait pas le tout. On n'est pas dans un film, Thomas.

Ils se turent un moment.

— Qu'est-ce que tu veux qu'il fasse de plus ? s'enquit finalement Thomas, qui pensait aussi à Esther.

Car dans l'hypothèse où il parviendrait finalement à recoller les morceaux, il faudrait bien qu'il fasse avec elle des choses intelligentes, de nature à la rendre éternellement folle de lui. Sur ce terrain, Pauline, en sa qualité de fille, pouvait certainement l'éclairer.

— C'est simple. Il faut qu'il la fasse rêver. Qu'il l'écoute. Qu'il s'occupe d'elle. Qu'il l'emmène en voyage. Qu'il la surprenne. Qu'il l'éblouisse. Qu'il la fasse rire. Que chaque jour soit aussi beau que le premier. Que le monde étincelle sous leurs pas.

(Cette dernière formule, elle l'avait recopiée dans le *Destrier d'argent*, tome 8, *Une saison chez le Diable.*)

Thomas s'abattit de tout son poids sur le matelas.

— Simple, en effet. Je veux rester célibataire.

Pauline le toisa, avec mépris.

— Ou épouse ton PC. Il sera toujours content de toi.

De sa main pendante, Thomas gratta une crasse, dans la moquette.

— C'est mort, conclut-il. Papa n'aura jamais idée de

faire tout ça. Même si tu arrives à éloigner l'autre, maman finira par demander le divorce.

— Pas sûr. Si quelqu'un avait montré à temps à Emma Bovary que Rodolphe, son amant, était un salaud, elle n'aurait pas succombé. Et il aurait peut-être fallu coacher Charles, pour qu'il l'emmène en vacances, par exemple.

— De quoi tu parles?

— Du bouquin, résuma Pauline. Rodolphe, c'est l'amant de Madame Bovary. Quand il la plaque, il lui écrit la lettre la plus faux cul du monde, et il fait tomber des gouttes d'eau dessus pour faire croire qu'il a pleuré.

— L'ordure!

— Si son mari, Charles, avait emmené Emma Bovary à Venise, elle serait sûrement sortie de sa dépression. Je suis sûr qu'il l'aurait fait si quelqu'un lui avait donné l'idée.

Pauline regarda le livre avec une pointe de tristesse, consciente qu'il était trop tard pour intervenir.

— C'est mort, répéta Thomas. Papa aura jamais l'idée d'emmener maman à Venise, ou de la faire étinceler.

— Sauf si tu le lui fais comprendre, objecta Pauline.

— Moi?

— Ben oui, toi. Tu es un garçon. Il t'écoutera.

— Attends! Je vais parler à papa, moi! Lui dire de s'occuper de sa femme! Tu rêves!

— Je ne rêve pas. C'est le prix.

— Le prix de quoi?

— Du service que je te rends en lisant *Madame Bovary*.

— Hors de question. Je t'emmène au bowling ou au ciné quand tu veux. Il y a un nouveau film avec...

— Non, ça me gave, le bowling et le ciné. C'est des trucs de gamines.

## 35

Esther souffla, serra les dents et s'élança.

Une colère muette l'animait. Elle sentit sous ses paumes et sous la plante de ses pieds la chaleur du cheval. La bête répondit aux signaux muets qu'elle lui adressa et prit une allure régulière. Son dos montait et descendait. Esther essaya de vider son esprit, se concentra. Elle apercevait son père, au milieu du manège, qui lui fit un clin d'œil, indiquant qu'elle devait attaquer l'enchaînement.

La première figure fut laborieuse. Elle prit la position de base, assise, bras en croix, et vacilla pendant une demi-seconde qui n'échappa pas à son père ni à sa mère, assise dans les gradins vides.

Il était huit heures du soir. La compétition approchait dangereusement, et Esther ne se sentait pas assez prête. Elle avait demandé des séances d'entraînement supplémentaires, malgré les réticences de son père qui ne voulait pas l'épuiser. Mais il avait finalement cédé, pour la rassurer. M. Camusot parlait peu mais comprenait tout ce qui tourmentait sa fille. Il savait très bien qu'il y avait une histoire de garçon derrière les rêveries d'Esther, ses légères négligences et ses regards distraits. Il ne disait rien. Plus que tout, il espérait qu'elle remporte le championnat, parce qu'il la savait excellente, magnifique, magique. Mais il était lucide. Il savait aussi ce que représenterait, pour sa fille, une vie consacrée à la voltige, il savait combien de jeunes acrobates avaient échoué, tout près du but. Il mesurait les sacrifices qu'Esther consentait et comprenait que si elle affirmait haut et fort qu'elle n'était pas comme les autres filles, si elle s'interdisait tous les plaisirs futiles de son âge, c'était pour leur faire plaisir à eux, ses parents. Qu'elle ne s'oppose jamais à eux l'inquiétait quelquefois. Il fallait que les adolescents se révoltent. Bon, pas trop. Mais une légère impertinence de temps en temps, une crise, des larmes, des exigences absurdes.

Esther ne demandait rien, à part des séances d'entraînement supplémentaires. Son père lui avait offert un ordinateur portable, élégant, rose peau. Entre les rares moments où Esther l'allumait pour échanger avec des passionnées d'équitation, elle s'en servait de pupitre pour ses partitions. Elle jouait de la flûte traversière.

Esther exécuta un moulin, parfaitement réussi. Elle tourna sur le cheval, passant ses jambes par-dessus la croupe et l'encolure, avec une grâce exquise. Elle sourit. Il fallait sourire, sans paraître grimacer. Ses yeux se perdirent dans la contemplation de paysages lointains. Quand elle était à cheval, Esther voyait de hautes montagnes, nimbées de mauve, et des sommets phosphorescents. Quand cette image s'imposait, c'est qu'elle avait trouvé sa concentration, et que plus rien ne pouvait l'arrêter.

Ses parents échangèrent un hochement de tête satisfait. Elle ne les vit pas, enchaîna avec l'étendard, levant délicatement le bras droit et la jambe gauche, puis réussit d'admirables ciseaux, se retrouva à l'envers, leva les jambes, passa devant sa mère qui faillit applaudir, se rétablit souplement, se tint debout sur le cheval, bras à l'horizontale.

Elle avait tout d'une danseuse. Son sourire ne quittait pas ses lèvres. Elle sentait sous ses pieds la chaleur de la bête et pensait à l'autre, sa jument jumelle. Elle se dit que, peut-être, sa vieille compagne ne l'avait pas abandonnée, et que son esprit galopait à ses côtés. Elle crut la voir. Voulut y croire.

Bien avant qu'Esther ne ressente la moindre fatigue, son père leva la main, signe qu'il fallait qu'elle enchaîne les derniers mouvements prévus, salue et saute à terre. Ce qu'elle fit sans hésiter.

Ce n'est qu'au moment où ses pieds touchèrent le sol qu'elle ressentit la tension nerveuse, la rudesse du réel et la joie de ses parents.

Elle courut faire une caresse au cheval, qui frotta amoureusement son front contre la paume de la jeune fille.

— Je crois que ça commence à ressembler à quelque chose, dit M. Camusot.

Véronique les avait rejoints. Elle prit sa fille dans ses bras.

— Ce qui veut dire, traduisit-elle, que si tu nous refais ça samedi, tu es championne.

M. Camusot voulut tempérer l'enthousiasme de sa femme, par superstition, mais s'abstint. Plus que trois jours avant l'épreuve. Il s'éloigna pour s'occuper du cheval.

— J'ai l'impression que tu vas mieux, chuchota Véronique. Ça s'est arrangé ?

Esther haussa les épaules.

— Plus ou moins. J'ai un peu traité un garçon de gorille.

Véronique ne voyait pas bien en quoi cela indiquait une amélioration quelconque. L'adolescence était plus compliquée qu'à son époque.

— C'est pas très gentil, fit-elle observer.

— Non, reconnut Esther. Pas très gentil pour les gorilles.

– 36 –

Quand M. Poupinel rentra du travail, le lendemain, il trouva son fils au salon, absorbé dans la lecture de *Madame Bovary*.

— Oh là! s'exclama-t-il, ça rigole plus, j'ai l'impression !

Depuis toujours, chaque fois que Thomas passait dans le niveau supérieur, son père lui faisait remarquer que ça ne rigolait plus. Mais Thomas ne se souvenait plus du temps où ça rigolait. Le plus probable était que ça avait cessé de rigoler au moment où le spermatozoïde de leur père avait percuté l'ovule de leur mère. Mais Thomas détestait penser à ces choses.

— C'est *Madame Bovary*, expliqua Thomas.

— Je vois ça.

M. Poupinel alla chercher une bière dans la cuisine et s'effondra dans le canapé, à côté de son fils.

— C'est vachement bien, tenta Thomas, d'un ton ridicule.

Son père hocha approbativement la tête. Il but une gorgée, avec une grimace de respect pour la grande œuvre.

— Je me rappelle vaguement l'histoire. Elle meurt, c'est ça ? Il me semble qu'elle vomit, à la fin.

Voilà ce qu'au terme d'une vie de travail acharné le malheureux auteur de *Madame Bovary*, Gustave Flaubert, était parvenu à graver dans la mémoire d'Éric Poupinel. Thomas s'efforça de recadrer la conversation.

— C'est l'histoire d'un homme qui ne s'occupe pas assez de sa femme. Alors, elle prend des amants.

Il jeta un coup d'œil de biais à son père, qui s'était remis à hocher la tête et étouffa un rot.

— Tu sais, Thomas, commença-t-il d'une voix grave, ça te paraît peut-être ringard, tout ça, mais il y a du vrai, là-dedans.

Thomas, de plus en plus mal à l'aise, tourna une page, préférant laisser son père parler.

— Si un jour tu as la chance de rencontrer une fille et de vivre avec elle quelque chose d'aussi chouette que ta mère et moi, il faudra te souvenir que rien n'est acquis. Les femmes, il faut s'en occuper. Il a raison, ton Zola.

— Flaubert.

— Tu vois, ta mère et moi, c'est vingt ans de bonheur sans une ride. Forcément, vous, les enfants, vous ne vous en rendez pas compte. Mais ça demande une attention constante, des soins, des efforts.

Thomas avait déjà entendu ces paroles. Mais c'était dans la bouche de papi, pour parler de la culture des haricots.

— L'amour n'est pas un dû, Thomas. C'est un don.

Il vida sa bouteille, en deux temps. Thomas, sentant que sa mission foirait, amorça une manœuvre désespérée.

— Et si tu emmenais maman en voyage ?

Il battit des cils, pour accentuer l'aspect innocent de sa question, mais son père parut penser que Thomas avait une poussière dans l'œil.

— En voyage ? Je vois très bien pourquoi tu demandes ça. Je te vois venir. Ne me prends pas pour un idiot.

Il poussa un éclat de rire et donna un faux coup de poing dans l'épaule de Thomas, qui lui fit quand même vraiment mal.

— Tu veux avoir le champ libre, c'est ça ? Hop, on envoie les parents en voyage, et on a la maison pour soi. Et là, qu'est-ce qu'on fait ? On invite sa copine. Gros malin !

Il continua de rire tout bas, en donnant des pichenettes à sa bouteille de bière.

— J'en conclus que les choses ont avancé avec Esther. C'est bien. C'est très bien. J'en parlais plus, mais j'ai pas oublié. J'observe. J'écoute.

Pour illustrer ses propos, il toucha le bout de son nez. Puis son sourire s'affaissa.

— Un voyage. J'ai déjà proposé à ta mère, mais elle a refusé. Elle est très casanière, tu sais. Moi, j'ai un côté fou, romantique. Elle, c'est son petit intérieur, la cuisine, les objets. C'est comme ça. Et pourtant, c'était un projet magique, ce voyage.

— Elle a refusé ? J'en reviens pas.

— Oui. J'avais tout préparé. « Sur les traces des Beatles », ça s'appelait. La tournée des caves à musique de Liverpool, les pubs, la bière. Et puis Manchester. Le foot. J'avais eu des places par un pote. En se démerdant bien, on pouvait voir trois matchs en une semaine. Et je m'étais réservé trois après-midi de temps libre dans des magasins de disques perdus au fond de la zone industrielle de Manchester, vers les docks. Ta mère aurait eu tout le temps de s'y promener tranquille.

Il poussa un gros soupir, et fit un geste d'albatros aux ailes brisées.

— Elle n'a pas voulu. C'est comme ça. Dans un couple, il y en a toujours un qui se sacrifie. Mais c'est le prix à payer pour qu'on en soit là, aujourd'hui. Et, crois-moi, je ne regrette rien.

Sur ce, oubliant brusquement la présence de son fils, il alluma la télé et s'absorba dans la contemplation d'une fille qui courait sur une plage.

Thomas se leva, et rejoignit Pauline qui, au premier, avait tout écouté.

— Totale foirade, dit Thomas.

— Rassure-toi, ça ne m'avait pas échappé. Mais tu ne pouvais pas réussir du premier coup. Tu recommenceras aussi souvent que nécessaire.

Thomas préféra ne pas répondre. Il s'affala sur son lit. Pauline alluma l'ordi et se connecta sur Baloo.

— Bon. Ce soir, on lance l'opération. J'ai besoin de savoir où en est maman, avec Bégaud.

— Quand elle rentrera, on pourra lire son courrier, rappela Thomas.

Il avait, en effet, configuré le réseau wi-fi de façon à accéder directement à la boîte mail de leur mère, dès

179

qu'elle allumait sa machine. Ce qu'elle faisait, à peine rentrée du travail.

Pauline lut distraitement les quelques messages passionnés de la jolie croque-mort. Apparemment, le temps avait fait son office et la jeune femme était prête à tout pour aider Bégaud à se débarrasser de « la folle » qui le collait. Ça l'émoustillait même. Elle trouvait ça trop fun.

— C'est maman que tu veux faire passer pour une nymphomane ?

— Érotomane. C'est différent. Laisse-moi faire.

Ils entendirent le claquement de la porte d'entrée. Leur mère revenait. Ils se turent. Pauline quitta le site. Leurs parents échangèrent quelques mots puis Mme Poupinel gravit l'escalier, entra dans la chambre, les embrassa. Elle paraissait plus détendue, presque joyeuse. Mauvais signe.

— Bonne journée, les enfants ?

— Ouais. Vite fait.

— C'est très bien. Il faut que je travaille, là. On mange dans une heure, ça vous va ? J'ai rapporté des orties bio pour faire une tarte.

Elle disparut. Cinq minutes plus tard, elle était connectée. Les enfants lurent les derniers mails échangés avec Bégaud. Ils apprirent qu'ils devaient déjeuner ensemble le lendemain et que Mme Poupinel était prête à « lui dire oui ». Elle avait vraiment réfléchi à fond et consulté une copine, psychothérapeute, qui lui avait dit de « suivre sa voie ». Et sa voie, apparemment, c'était Bégaud.

— Bon, dit Pauline. On n'a plus le choix. C'est demain que ça va se passer.

— Tu peux m'expliquer, en deux mots ?

— Attends.

Pendant un bon quart d'heure, Pauline échangea des messages avec la fille de Baloo. Elle souriait. Thomas n'eut pas le droit de voir.

— Vaut mieux que tu en saches le moins possible, expliqua Pauline.

Ce qui était parfaitement inquiétant.

Enfin, elle se déconnecta, le visage radieux.

— Elle est mûre. Ça va marcher.

— Et nous, qu'est-ce qu'on doit faire?

— Pas grand-chose. Juste sécher la cantine demain.

— Hein? Mais pourquoi?

— Pour retenir Bégaud, dans son magasin, et l'empêcher de rejoindre maman trop tôt. Il faut simplement qu'il ait un bon quart d'heure de retard.

– 37 –

Le lendemain matin, en arrivant au lycée, Thomas avait l'impression d'être en mission commandée. Il ne pensa qu'à la façon dont il s'éclipserait discrètement, à midi. Ce n'était pas très difficile. Les pions planaient tous plus ou moins, et l'entrée du self était assaillie par une telle foule affamée qu'on ne remarquerait pas son absence. Il s'inquiétait davantage pour Pauline, car le contrôle était plus strict au collège. Il lui avait proposé de se débrouiller seul, mais elle n'avait rien voulu savoir. Elle voulait en être. «Tu ferais tout capoter», avait-elle asséné, comme une évidence.

Il s'isola donc, dès son arrivée, à huit heures, dans un coin de la cour. De toute façon, tout le monde lui faisait plus ou moins la gueule, d'Esther à Jérémie, en passant par ses anciens partenaires de jeux qui, ne le voyant plus sur le réseau, avaient entrepris de l'oublier. Son entreprise amoureuse avait fait de lui un paria. Bravo, l'amour! Une épreuve. C'était le moins qu'on pouvait dire.

Tout à ses amères pensées, il suivit d'assez loin les nouveaux développements de ce que l'on appelait désormais dans les couloirs « l'affaire de la culotte ».

Il vit Dreadlocks traverser la cour et adresser quelques mots à Latreille, qui fit la grimace. Quelqu'un, non loin de Thomas, dit :

— Le proviseur le convoque encore. Il sait que c'est lui.

De fait, le filet se resserrait sur Latreille. Le proviseur, persécuté par le couple Friol qui était certain de la culpabilité de Thomas, avait décidé de pousser plus loin l'interrogatoire de celui qu'il savait être le véritable auteur du crime. Il manquait de preuves et ne disposait d'aucun témoignage, car personne n'avait osé dénoncer Latreille. Mais il était résolu à le cuisiner aussi longtemps qu'il le faudrait, jusqu'à ce qu'il craque.

Latreille sentit le vent venir. Il s'était prévu une porte de sortie. Quand l'affaire avait commencé à prendre de l'ampleur, il avait stocké, sur une carte mémoire, un certain nombre de films réalisés par Tartine (que celui-ci avait eu la naïveté de lui offrir), parmi lesquels il avait glissé les images de la culotte. Lorsque Dreadlocks l'avertit qu'il était convoqué par le proviseur, Latreille emprunta, sous un prétexte, le portable caméra de Tartine, retira discrètement la carte mémoire et la remplaça par celle qu'il avait préparée.

À huit heures dix, Latreille se trouvait de nouveau dans le bureau du proviseur, ferme et droit, drapé dans sa dignité de victime de la pire des erreurs judiciaires. À huit heures vingt, après quelques atermoiements, hésitations, soupirs, phrases interrompues, yeux au ciel, demi-larme fugitivement écrasée, il balançait son pote :

— Il ne faut pas trop l'accabler, monsieur le proviseur. Tarti... Killian rêve d'être cinéaste. Il passe son temps à faire des images. Il s'est sans doute laissé entraîner par les autres. Les cours de Mme Friol ne sont pas toujours très calmes, il faut que vous le sachiez, monsieur le proviseur. L'idée de réaliser un film... interdit, vous comprenez, ça lui donnait un semblant de prestige. Tarti... Killian est très effacé, sans charisme. C'était une façon pour lui de... d'exister. Il est mon ami, et, jusqu'à présent, je n'ai pas voulu le trahir. Mais je ne peux pas non plus accepter d'être accusé injustement. Ça ferait trop de peine à mes parents.

Le proviseur l'avait écouté sans un mot. La lampe jaune de son bureau se reflétait dans chacun de ses verres de lunettes, lui créant deux gros yeux d'or, globuleux et vides.

— Avez-vous des preuves de ce que vous avancez, monsieur Latreille ?

Latreille se dandina.

— Killian est un véritable fétichiste de l'image. Il ne détruit aucune de celles qu'il a filmées. Je suppose que vous retrouverez le film sur son téléphone portable ou sur son ordinateur.

Le proviseur déplaça lentement ses mains jusqu'à ce qu'elles se rencontrent au centre exact du plateau de son bureau. Puis il ramassa quelque chose d'invisible, peut-être un grain de poussière, qu'il se mit à examiner méticuleusement.

— Vous vous rendez compte, monsieur Latreille, de la gravité de vos accusations ?

— J'en suis parfaitement conscient, monsieur le proviseur. Mais l'affaire prend des proportions trop importantes.

— S'il apparaissait que vous avez porté, à l'encontre de votre camarade, des accusations mensongères, vous imaginez bien que je serais contraint de prendre des mesures radicales.

— Voilà pourquoi je ne me serais jamais risqué à le faire, monsieur le proviseur.

Latreille serrait les fesses. Il comptait sur deux choses :

la stupide loyauté de Tartine qui n'oserait jamais l'accuser, et l'ignorance totale des adultes en matière d'informatique. Car il n'était sans doute pas très compliqué de démontrer que la carte mémoire était trafiquée et ne pouvait, de toute façon, pas constituer une preuve.

— Bien, conclut le proviseur. Nous allons vérifier tout cela. Je vais faire venir votre camarade et sonder son téléphone.

Quand le proviseur, ayant raccompagné Latreille dans la classe, convoqua Tartine, Latreille glissa au passage, dans l'oreille de ce dernier, l'avertissement suivant :

— J'ai été obligé. Si tu fermes ta gueule, je m'en souviendrai. Sinon, tu es mort.

Tartine, blanc comme une page, hocha la tête et suivit le proviseur.

La porte se referma sur eux.

– 38 –

Dès midi, Thomas se fondit dans la foule, qu'il remonta à contre-courant, et s'échappa du lycée sans problème. Il attrapa un bus et se retrouva, moins de dix minutes plus tard, devant le magasin Vitabio. Pauline l'y attendait, en contemplant la vitrine.

— Vite, dit-elle, il est prêt à filer.

Et, sans attendre la réponse de Thomas, elle entra dans le magasin, en faisant tinter un grelot. Il la suivit.

De fait, Bégaud venait d'enfiler une veste en velours ajustée, assez cool, mais sport et classe en même temps. Très bien. Il s'apprêtait visiblement à sortir pour rejoindre leur mère au restau.

— Bonjour, lança-t-il d'une voix dynamique où perçait un rien d'impatience.

Pauline le regarda dans les yeux. Il était indiscutablement beau. Un début de dégarnissure sexy aux tempes, des mâchoires nettes, des yeux profonds, une bouche boudeuse, un nez ferme. Et il avait une belle voix.

Le parfait salaud.

— Je m'apprêtais à fermer pour la pause méridienne, les enfants. Vous ne pouvez pas repasser en début d'après-midi ?

La pause méridienne. Les enfants. N'importe quoi.

— Est-ce que vous avez de la stevia ? demanda Pauline, comme s'il n'avait rien dit.

« De la quoi ? » pensa Thomas.

Professionnel, Bégaud s'approcha d'un rayon.

— De la stevia. Je vais voir s'il m'en reste.

— C'est une plante originaire d'Amérique du Sud. Depuis des siècles, elle est utilisée pour ses vertus sucrantes, déclama Pauline.

Et elle décocha un sourire débile à Bégaud qui la regarda, surpris.

— Je sais ce que c'est, mademoiselle. C'est mon métier.

— Oui, dit Pauline. Mais est-ce que ça n'est pas dangereux pour la santé ?

Bégaud lui tendit une boîte rectangulaire, et regarda sa montre.

— Justement non, répondit-il. Beaucoup moins que le sucre, en tout cas. C'est pour ça que les gens commencent à s'y intéresser.

— Vous dites ça, observa Thomas, parce que c'est dans votre intérêt d'en vendre. Mais on n'a pas de recul sur ce produit. Pas d'études. Si ça se trouve, dans quelques années, un scandale va éclater.

— Le scandale stevia, confirma Pauline.

Bégaud se sentit subitement très mal à l'aise. Ces deux gosses étaient très bizarres. D'autant plus que leur tête lui disait vaguement quelque chose. Est-ce qu'il les avait déjà vus quelque part ?

— Écoutez, je ne vous oblige pas à acheter ce truc.

— Donc, proféra Thomas, vous reconnaissez qu'il y a peut-être un problème.

— On va lire attentivement l'étiquette avant de décider, déclara Pauline.

Au même moment, Mme Poupinel, qui s'était installée dans le restaurant où elle avait rendez-vous avec Bégaud, vit une bonne femme faire son entrée et, à sa grande surprise, se diriger droit vers elle.

C'était une brune aux yeux noisette, plutôt vulgaire. Elle affichait un drôle de sourire.

— Sylvie Poupinel ?

Mme Poupinel confirma, d'un hochement de tête réflexe. La brune s'assit en face d'elle, à la table.

— Je viens de la part de Raphaël. Raphaël Bégaud. Ça te dit quelque chose ?

Mme Poupinel devint pâle. Pourquoi cette folle la tutoyait-elle ? Elle jeta un regard angoissé vers la porte, mais n'osa pas bouger, par peur du scandale.

— Il m'a chargée de te dire que tu dois le lâcher. Tu comprends ? Le lâcher complètement. L'oublier. Lui foutre la paix. Il ne sait pas comment t'expliquer qu'il en a marre de toi.

Le visage de Mme Poupinel se décolora par plaques grisâtres. Elle tenta d'ouvrir la bouche mais un sortilège avait soudé ses maxillaires.

— C'est avec moi qu'il veut s'éclater, poursuivit la brune. Tu t'es fait un film avec lui, tu vois. Le film classique de la petite-bourgeoise coincée qui rêve d'aventure, qui flashe sur le premier beau gosse qui passe et le fait mariner pendant des siècles. C'est pas un jeu, ma fille. Les hommes n'ont pas que ça à faire, de t'attendre.

Un serveur jovial vint leur demander si ces dames désiraient un apéritif. La brune lui sourit et commanda deux vins cuits. Mme Poupinel semblait hypnotisée par la salière.

— Il m'a tout raconté. Ton mari ringard, shooté au rock et à la bière, ton fils accro à la console, ta fille que tu négliges, ton pavillon, tes salades bio pour essayer d'enrayer les rides. Pitoyable.

Mme Poupinel sursauta :

— Il a dit que je négligeais ma fille ?

— Tu négliges tout le monde, ma vieille. Très touchant, le couplet sur ton fils : «La flamme qui brillait dans ses yeux, quand il était un petit garçon rieur et malicieux.» Et pourquoi tu crois qu'il l'a perdue, sa flamme, si sa mère va voir ailleurs ? Les gosses non plus c'est pas un jeu. Tu les as faits, tu assumes.

Le garçon apporta les deux verres de vin cuit. Brutalement, Mme Poupinel s'empara du sien et le vida cul sec. Quelques couleurs revinrent dans ses joues.

— Je ne vous crois pas, articula-t-elle. C'est... une machination. Raphaël m'a promis des choses. Il n'a pas pu...

La brune éclata de rire.

— Il t'a dit que tes yeux perçaient les remparts de son être ? Ce qu'on a pu rigoler, avec ça ! Tu n'as pas compris qu'il se foutait de toi ?

En entendant, dans la bouche de cette sorcière, les formules amoureusement tressées pour elle par Bégaud, Mme Poupinel redevint blême. Elle n'y comprenait plus rien. Mais peu à peu s'imposait, avec une absolue certitude, l'idée d'une trahison de Bégaud.

— Il a peut-être eu tort de te chauffer, reprit la brune. Mais maintenant, il arrête. Et pour t'en donner la preuve, c'est moi qu'il envoie. Il faut le lâcher. Il ne t'aime pas, il ne t'a jamais aimée, tu vas pas refaire ta vie avec lui. C'est fini.

— Ces dames désirent-elles commander ? s'enquit le

garçon, que la physionomie de Mme Poupinel paraissait inquiéter.

— Pas tout de suite. J'attends quelqu'un, répondit la brune avec un sourire de saurien.

À cet instant précis, Bégaud, hagard, fit son entrée dans le restaurant. Il était enfin parvenu à se débarrasser des deux gosses qui avaient pris le temps de lire intégralement l'étiquette de la boîte de stevia, y compris les phrases en petits caractères, avant de lui demander s'il n'existait pas un autre produit, équivalent mais mieux connu. La gamine avait ensuite fait dériver la conversation sur l'aspartame, lui demandant s'il pensait que c'était vraiment cancérigène, avant de se renseigner sur les tisanes bio favorisant l'équilibre intestinal, parce qu'elle était anxieuse, quelquefois.

Il avait fini par les mettre à la porte, en constatant qu'il était déjà en retard d'un quart d'heure. Il avait essayé de joindre Sylvie Poupinel sur son portable, mais elle n'avait pas répondu. Finalement, il était parti en courant et quand il entra dans le restaurant, en sueur, hors d'haleine, il ne comprit pas ce qui se passait.

À la table de Sylvie, à la place qu'il devait occuper, une grande brune lui adressa un sourire en agitant la main. Sylvie paraissait complètement ravagée, au bord de l'évanouissement. Le cerveau de Bégaud élabora machinalement plusieurs hypothèses. Sylvie avait retrouvé une copine, par hasard. Ou alors, cette brune était une cliente du magasin, ou une ancienne maîtresse, peut-être. Quelque chose n'allait pas. Hésitant, il rendit à la brune son sourire et son salut.

Comme il s'approchait de la table, la brune se leva, se jeta à son cou, et l'embrassa goulûment sur les lèvres. Il écarquilla les yeux et vit, par-delà l'épaule de la brune, Sylvie se lever, ramasser son sac et sortir sans un mot.

— Je crois que ça a marché, susurra la brune. Je t'en

ai définitivement débarrassé. À mon avis, tu ne la reverras pas de sitôt.

La chance voulut que Thomas et Pauline parviennent à regagner sans encombre leurs établissements respectifs. Ils avaient, l'un et l'autre, l'habitude de s'isoler, et personne n'avait remarqué leur absence.

Thomas, néanmoins, était épuisé et inquiet. Il apprit par hasard qu'il y avait un devoir surveillé d'histoire. Il s'assit, dans un coin de la classe, tandis que le prof, l'œil rivé sur sa montre, donnait le signal du départ.

Thomas fit semblant de noircir des pages. Il ne pouvait penser à autre chose qu'à Bégaud, il revoyait son visage impatient, et l'air triomphant de Pauline quand ils étaient finalement sortis du magasin. «Alors? avait-elle demandé, je suis une bonne actrice, oui ou non?» Il avait haussé les épaules. «C'était pas très dur, honnêtement, il pouvait pas imaginer qui on était. J'ai trouvé que tu avais surtout l'air d'une dingue.» Vexée, Pauline avait disparu dans la foule des rues. Lui avait dérivé, en somnambule, jusqu'au lycée.

Une chaleur épaisse se dégageait des corps de ses condisciples. L'odeur produite par trente-cinq adolescents confinés dans une salle de classe exiguë, surtout quand ils étaient occupés à plancher sur un DS d'histoire, évoquait celle des vestiaires, des étables, et des élevages de poules en batterie. Thomas, qui n'avait rien mangé, se sentit gagné par la nausée et par le vertige. À côté de lui, Siméon Carbonier trichait tranquillement. Il avait photographié les pages de son manuel d'histoire à l'aide de son téléphone, et les consultait sous la table,

zoomant sur les cartes qui l'intéressaient plus particulièrement. Il s'était payé ce téléphone en revendant sur
eBay ses identifiants *WoW* pour une centaine d'euros.

Jérémie dessinait sur sa copie un grand portrait de
Staline et soignait chaque poil de la moustache. Esther
devait être quelque part, derrière Thomas. Il n'essaya
pas de se retourner. Tartine, tout rouge, reniflait au premier rang.

Thomas ne vit pas Latreille qui s'était placé tout seul
au fond, juste derrière Esther.

Après s'être assuré que personne ne faisait attention à
lui et que le prof était penché sur le dessin de Jérémie,
Latreille s'empara, très discrètement, de la bouteille de
jus de mangue qui dépassait d'une poche latérale de la
sacoche d'Esther. Il dévissa le bouchon sans un bruit et
versa dans la bouteille le contenu d'un flacon. Moins de
vingt secondes plus tard, il l'avait remise dans la sacoche
d'Esther et continuait à écrire. Il était temps. La jeune
fille, d'un geste machinal, attrapa la bouteille, la déboucha et en but presque la moitié.

— Quelle chaleur, murmura Latreille, sans sourire.

– 40 –

— S'il te plaît, maman ! insista Pauline.

Il était onze heures, le lendemain matin, samedi. Et sa
mère n'était toujours pas levée.

— Non, vraiment, Pauline, je ne peux pas. Je suis
malade.

— Mais ça te fera du bien, de sortir ! Et puis c'est tellement important, pour moi.

Mme Poupinel, qui n'avait pas dormi de la nuit,
repensa aux paroles de la femme brune. Elle l'avait accu-

sée de négliger sa fille. Mais qui était cette folle ? Qu'est-ce qui avait pu se passer ? Elle avait beau chercher, repasser toute la scène dans sa tête, elle ne comprenait pas. Rien. Elle avait refusé de répondre aux appels et aux mails angoissés que Bégaud lui avait adressés depuis cette affreuse histoire. Il fallait qu'elle trouve, seule. Elle n'avait plus confiance en lui. En personne. Même si tout ça était un coup monté, quelqu'un avait eu accès à ses échanges ultra secrets avec Raphaël. Et cette seule pensée la glaçait. En outre, l'hypothèse la plus vraisemblable était bel et bien que Bégaud s'était joué d'elle, avait trouvé quelqu'un d'autre, la prenait pour une érotomane.

Il avait raconté à la brune tout ce qu'elle lui avait révélé sur sa famille, sur ses aspirations. Elle avait honte. Terriblement honte.

Et maintenant, Pauline la tannait pour qu'elle l'emmène aux championnats de voltige aérienne qui se déroulaient l'après-midi. Elle voulait absolument voir sa copine, comment s'appelait-elle, déjà ?

L'idée de sortir de son lit lui répugnait. Mais avait-elle le choix ?

« Tu négliges ta fille », se répétait-elle.

Elle s'efforça de combattre sa migraine et tenta de se lever. Il fallait qu'elle prenne une douche.

— Je vais essayer, ma puce. Promis. Laisse-moi un peu de temps.

Pauline lui sauta au cou. Elle était adorable.

Il ne restait plus qu'à persuader Thomas de venir. Ce ne serait pas facile non plus. Elle frappa à la porte de son frère qui méditait sur son lit ; elle n'eut même pas le temps de lui poser la question.

— Hors de question ! asséna-t-il.

— Mais c'est peut-être l'événement le plus important de sa vie. Tu dois y être.

— Pour elle, les bourrins sont trois fois plus importants que moi.

— Tu exagères. Deux fois plus maxi.

— Laisse-moi tranquille. Je dois atteindre le niveau 4 avant ce soir.

— Si tu viens pas, j'arrête Bovary.

— Tant mieux. Rien à foutre.

— Je balance les photos de toi en slip de bain sur Facebook.

— Je suis déjà grillé sur Facebook. Ça pourra pas être pire.

— S'il te plaît !

— Non.

Leur mère poussa la porte de la chambre. Elle avait une tête terrible, une soute à bagages sous chaque œil et des rides toutes neuves sur le front. Elle sentait bon.

— C'est à quelle heure, les enfants, votre festival ?

— C'est pas un festival. C'est des championnats régionaux. Faudrait partir dans une heure pour pas être en retard.

Mme Poupinel, épuisée, s'assit sur le lit, entre ses enfants. Thomas eut un mouvement de recul.

— C'est dur, en ce moment, chuchota-t-elle. Je suis désolée de ne pas...

Elle renifla.

— Le boulot ? demanda Pauline d'un air naïf et féminin.

Sa mère la regarda.

— C'est à quelle heure, votre festival ?

Elle se leva, ce qui ne fit presque pas remuer le matelas.

— Je vais me préparer.

Quand elle fut sortie, Pauline hocha la tête.

— Pas sûre qu'on arrive vivants. Tu as vu sa tête ?

— Ouais. On dirait toi.

Lamentable. Il allait mieux.

— Bon, conclut Pauline. Excellent après-midi, amuse-

toi bien avec tes potes en pixels. J'espère qu'ils te conso-
leront un jour d'avoir raté la chance de ta vie.

— Pardon ?

— Esther m'a dit un truc que je dois jamais te dire.

— Dis-le.

— Dès qu'on sera dans la voiture.

— Chantage. Je viens pas.

Un quart d'heure plus tard, leur mère, douchée, refit
son apparition. Elle n'était plus la même. Une énergie
nouvelle semblait la galvaniser.

— Je vais mieux, annonça-t-elle d'une voix forte.
L'eau m'a fait un bien fou. Vous avez raison, les enfants,
il faut se secouer. En voiture tout le monde !

— Thomas veut pas venir.

— Je ne lui demande pas son avis. Où est votre père ?

— Au salon. Il a prévu de regarder la finale de...

— La finale ? Tu vas voir, s'il va regarder la finale ! cria
Mme Poupinel en descendant l'escalier.

Une heure quinze plus tard, ils roulaient tous les
quatre vers la ville où se déroulaient les championnats
régionaux de voltige équestre. Pauline sourit en constatant que Thomas s'était sapé en beau gosse : pantalon
flasque, blouson trop court et tee-shirt déchiré. Il était
irrésistible.

— Alors ? Qu'est-ce qu'elle t'a dit ? lui demanda-t-il.
C'est quoi, ce truc que tu dois pas me révéler ?

— Qu'elle allait t'offrir une compilation des plus
belles chansons françaises des années cinquante pour
ton anniversaire.

— N'importe quoi ! Esther t'a dit ça ?

— Esther ? J'ai parlé d'Esther ? Je me suis trompée. Je
voulais dire grand-mère. Mais sois sympa, ne lui dis pas
que je t'en ai parlé. C'est un secret.

Fou de rage, Thomas se mit à hurler. Pauline lui
opposa des piaillements suraigus qu'il tenta d'étouffer à

coups de claques, qui n'atteignirent pas leur cible, beaucoup trop souple et rapide.

— On se calme, nom de Dieu ! aboya leur père.

Sur le visage de Mme Poupinel s'épanouit un joli sourire. Elle murmura :

— Aujourd'hui, on redevient la famille Poupinel !


## – 41 –


Esther allait très mal.

La veille, en rentrant du lycée, elle avait été prise de vertiges, puis de vomissements. Pour ne pas inquiéter ses parents, elle n'avait rien dit et s'était couchée très tôt.

— Bonne idée, avait approuvé son père. Il faut que tu sois au top, demain.

Elle avait passé une nuit effroyable. De temps en temps, elle sombrait dans un sommeil déchiré de cauchemars dans lesquels sa jument jumelle, presque décomposée, sortait de terre, les naseaux pleins de vers, et éclatait de rire, en tirant la langue, avec la voix de Latreille. Elle se réveillait, trempée de sueur, et vomissait dans une bassine. Ses mains et ses pieds étaient glacés, son front brûlant. Elle ne parvenait ni à réfléchir, ni à faire le vide dans son esprit. Des souvenirs l'assaillaient, d'endroits tristes où elle avait été malheureuse, des cimetières, des salles d'attente. À d'autres moments, elle se voyait enchaîner les figures de voltige, et basculer, tomber, se faire piétiner par son cheval. Des spasmes tordaient son ventre.

Elle réussit tout de même à somnoler. Puis elle se réveilla avant ses parents, vida sa bassine, prit une douche et se sentit mieux.

— En forme ? tonitrua son père sans la regarder.

Esther se cacha derrière son bol de thé fumant, qu'elle fit mine de boire avant de le jeter discrètement dans l'évier. Elle essaya de sourire, puis se sentit mal et annonça qu'elle resterait dans sa chambre jusqu'au moment du départ, pour se reposer et se concentrer. Elle voulait être absolument seule, ce qui ne surprit pas ses parents qui connaissaient ses habitudes. De toute façon, ils avaient beaucoup à faire pour préparer le cheval et ils ne tardèrent pas à sortir. Ils parlaient très fort, excités et heureux.

Esther n'aurait jamais le courage de les décevoir. Elle *devait* guérir et être au top.

Elle avait déjà connu ces attaques foudroyantes de virus violents mais sans gravité, qui l'avaient secouée à la manière d'une tornade et l'avaient laissée vidée, fragile et joyeuse de recommencer à vivre. Il était juste regrettable que celle-ci se déclare avant les championnats. Mais elle connaissait aussi le pouvoir de l'esprit, qui pouvait vous abattre ou, au contraire, décupler vos forces dans les grandes occasions.

Elle se concentra pour maîtriser les spasmes qui reprenaient de plus belle, pratiqua des exercices de relaxation, respira, tâcha de se détendre, orteil par orteil.

En fin de matinée, son père vint la chercher. Elle joua plutôt bien la comédie, tordit sa bouche en un sourire de grenouille disséquée, auquel il ne prêta heureusement aucune attention. Puis elle attrapa son sac de sport et émit un «hop», peu crédible.

Dans la voiture, elle se tut, au supplice. Chaque virage lui arrachait l'estomac et des boules de bile brûlante remontaient dans sa gorge. Si elle allait mourir? Elle se rappela des histoires d'intoxication alimentaire et passa en revue tout ce qu'elle avait avalé, la veille. Rien de suspect. Elle avait évité la viande, les sauces, la mayonnaise, les crèmes, tout ce qui était susceptible de recéler ces monstrueux staphylocoques qui vous grignotent en quelques heures. Elle avait respecté le régime strict que sa mère lui imposait, nutriments inoffensifs, saines vitamines, jus de mangue.

Elle essuya la sueur que ces évocations alimentaires avaient fait perler à son front. On arrivait.

La suite, jusqu'au moment où elle se retrouva debout sur le cheval, elle ne la perçut qu'en pointillé, par flashes : le vestiaire, les autres concurrentes, froides et pincées. L'immense manège et le public, très nombreux, les flots de soleil dégoulinant le long des baies vitrées, la poussière dorée sous les sabots des bêtes, les cris des enfants, les voix dans les haut-parleurs, les odeurs fortes.

Ce n'est qu'au moment où elle exécutait la première figure, en tremblant de tous ses membres, qu'elle aperçut Thomas, au deuxième rang. Il la fixait, d'un air étrange. À côté de lui, Pauline joignait les mains, et leur mère portait d'énormes lunettes noires.

Quand Esther s'écrasa au sol, elle était déjà évanouie.

– 42 –

Le proviseur sourit.

Un grand homme cordial, pas chauve et pas bedonnant, se dirigea vers lui, la main tendue.

— Monsieur le proviseur ! C'est un honneur, vraiment. Nous sommes ravis. Je suis Gérard Latreille, le papa de Ludovic.

Ils se serrèrent la main, puis Latreille père s'adressa aux autres membres de l'assistance, qui formaient un cercle autour d'eux.

— Mesdames et messieurs, chers amis, permettez-moi de vous présenter monsieur Criquetot, proviseur du lycée Arnoux, qui a accepté, après s'être un peu fait prier, de participer à l'une de nos réunions. Monsieur Criquetot, vous n'imaginez pas à quel point votre présence parmi nous me fait plaisir. Permettez-moi de vous présenter les membres de notre modeste amicale.

Rose de plaisir, Latreille père désigna et nomma le député-maire de la ville, le commissaire de police, un pédiatre, la présidente de l'Association des familles, quatre chefs d'entreprise et un prêtre. À l'exception de ce dernier, tous étaient flanqués d'un conjoint pomponné.

Le proviseur serra les mains et rendit les sourires.

— Je crois savoir, reprit Latreille père, que monsieur le proviseur est féru de cinéma, et que cette passion n'a pas peu contribué à lui faire accepter mes sollicitations. En effet, c'est lorsqu'il a su que nous disposions, dans cette salle, d'un matériel de projection à peu près convenable, et que nous savourions ensemble des raretés du septième art, qu'il a finalement consenti à se joindre à nous. Nous regarderons, ce soir, un film coréen très beau, très méditatif, une promenade de trois heures dans un jardin, sans parole ni musique. Un chef-d'œuvre, proprement envoûtant et injustement méconnu. Mais auparavant, et en guise de mise en bouche, monsieur le proviseur souhaite, je crois, nous montrer quelques courts métrages. Il n'a pas voulu m'en dire plus et, comme vous, je grille de curiosité.

Le proviseur toussota et sortit un DVD de sa poche intérieure.

— Merci, monsieur Latreille, répondit-il. En effet, je saisis l'occasion de me trouver parmi de véritables amateurs, des amateurs éclairés, pour donner une chance à un élève de notre lycée, dont la passion pour le cinéma ne s'est jamais démentie. Ce jeune homme passe son temps à filmer à l'aide de son téléphone portatif, et accumule des images proprement saisissantes qui finissent par constituer un regard profondément personnel et original sur notre jeunesse. Si vous n'y voyez pas d'inconvénients, et après lui avoir demandé son accord, je souhaiterais vous montrer quelques-uns de ses films. Il me semble déceler dans son travail le talent d'un futur documentariste. Mais comme il s'agit d'un de mes élèves, je suis de parti pris, et ma bienveillance à son égard risque d'altérer mon esprit critique. C'est pourquoi je sollicite votre jugement.

Les convives, flattés, se rengorgèrent. Après quelques pépiements, quelques tintements de bracelets et de pendentifs, ils prirent place dans les fauteuils disposés en arc de cercle, face à un grand écran. D'un geste ferme, M. Latreille inséra le DVD dans le lecteur.

— Vous remarquerez, prévint le proviseur, que ce jeune homme a choisi de focaliser son attention sur son meilleur camarade dont nous allons suivre, en une chronique vivante et alerte, les aventures quotidiennes. Vous serez sans doute surpris par les mille cocasseries de la vie lycéenne, univers clos et mystérieux auquel la magie de la caméra va aujourd'hui nous donner accès. Bien entendu, le camarade en question n'était autre que Ludovic Latreille.

Quelques exclamations fusèrent, accompagnées d'applaudissements.

Mais Latreille père parut soudain mal à l'aise.

Il était trop tard pour reculer. Le premier film venait de commencer.

On y voyait Latreille, dans la cour, manipulant son téléphone en déclarant : «Je le règle sur Haute Définition. Il faut qu'on voie les détails. Tout le monde pourra lire la marque de la culotte.»

Le deuxième film, d'abord plus confus, plongeait le spectateur dans l'atmosphère bruyante et moite du cours de français. On y reconnaissait Mme Friol, penchée sur le cahier d'Anaïs Lebel, laquelle écoutait, le front barré d'un pli studieux, les conseils individualisés que lui prodiguait son professeur. Pendant ce temps, Latreille plaçait son téléphone presque sous la jupe de cette dernière, et brandissait le pouce pour manifester, sans doute, sa satisfaction.

Dans le troisième film, Latreille téléphonait, sourire aux lèvres. «Alors? demandait-il, tu lui as foutu la trouille à la petite? Parfait. Si son frère essaie d'ouvrir sa gueule, on en remettra une couche. Faudra pas hésiter à lui filer une ou deux claques. De toute façon, le proviseur est tellement con qu'il soupçonnera forcément ce nolife de Poupinel.»

Dans le quatrième, Latreille, furieux, regardait s'éloigner Esther. «Tu vas voir, grinçait-il, je vais te préparer un cocktail dont tu me diras des nouvelles.»

L'écran redevint blanc.

— Je vous dois quelques explications, dit le proviseur. Ces films m'ont été fournis par leur auteur, que ses condisciples, Dieu sait pourquoi, surnomment Tartine, lorsque je l'ai convoqué dans mon bureau. Ludovic Latreille l'avait accusé d'avoir réalisé les images infamantes de Mme Friol, leur professeur de français. Le jeune Tartine m'a expliqué qu'il se doutait bien que Ludovic finirait par lui faire porter le chapeau. Il a donc décidé de réunir un certain nombre de preuves susceptibles d'accabler son calomniateur, le moment venu. Sage précaution.

La voix du proviseur paraissait amplifiée dans le silence de catacombe qui s'était abattu sur l'assistance.

— Concernant la dernière séquence, reprit le proviseur, celle du «cocktail», je n'en ai pas immédiatement compris la portée. Mais je viens d'apprendre qu'Esther Camusot a fait une très mauvaise chute de cheval, consécutive à un malaise étrange. Je me refuse à établir un lien entre cet accident et l'aide que Ludovic vous offre généreusement pour conditionner les médicaments

199

périmés, monsieur Latreille. De toute façon, des analyses sanguines sont en cours.

Quelqu'un ralluma la lumière.

— Malheureusement, conclut le proviseur, en regardant sa montre, je crains de ne pouvoir rester plus longtemps parmi vous. Le devoir m'appelle. Je vous prie de m'excuser et vous souhaite une excellente soirée.


– 43 –


— Il faut que tu y ailles, insista Pauline, les yeux boursouflés par les larmes.

Thomas secoua lentement la tête. Il était assis sur une chaise en plastique, dans le couloir malodorant de l'hôpital. Une lumière glauque suintait d'appliques lugubres. Le sol en faux marbre reflétait le plafond vide. Toutes les affichettes, tous les panneaux parlaient de choses menaçantes. Les murs semblaient gorgés d'électricité. Pauline venait de ressortir de la chambre où l'on séquestrait Esther depuis sa chute.

— Elle est toujours dans le coma. Les médecins ont dit que la parole des gens qu'elle aime était fondamentale. Indispensable. Le seul espoir qui reste de la voir se réveiller.

— Je suis pas concerné. Elle m'aime pas.

Pauline vibra de rage.

— Alors tu vas jouer à ça? Tu vas te draper dans ta dignité bafouée? Tu vas la laisser crever parce que tu es vexé à cause de Latreille? J'y crois pas.

Elle s'assit par terre, sur ses talons, et ses épaules se secouèrent. Elle éclata en sanglots silencieux.

— J'y crois pas, renifla-t-elle. J'y crois pas.

Thomas se sentit très mal. Elle avait raison. Elle avait

toujours raison. Il fallait organiser des élections : c'était à elle d'être élue aînée. Lui, il était resté un morveux, un môme, un minable.

— Il faut que tu ailles lui parler. Que tu lui dises la vérité. Toute la vérité. Vos embrouilles, c'est rien que des malentendus. Si elle doit... mourir, il faut qu'elle sache exactement ce qui s'est passé. Tu sais très bien que c'est toi qu'elle aime, même si tu le mérites pas.

Elle renifla, puis le supplia du regard.

— S'il te plaît, Thomas. Ça fait trois heures qu'elle est dans cet hosto, et tu viens seulement d'arriver. C'est toi qu'elle veut voir, j'en suis sûre.

— Je pouvais pas, grogna Thomas. J'avais peur qu'on m'annonce qu'elle était...

Il s'interrompit, serra les poings, et entra dans la chambre.

Il referma la porte derrière lui.

Esther reposait dans un lit énorme, bardé de barres, surmonté de deux goutte-à-goutte dont les tuyaux plongeaient directement dans les bras blancs d'Esther.

Elle avait l'air de dormir, bouche ouverte, respirant très peu, très lentement. On lui avait mis une chemise de nuit d'un vert affreux. Il y avait sûrement des gens, dans les hôpitaux, dont le métier consistait à choisir les éléments les plus déprimants possible, pour éviter que les patients ne se fassent trop d'illusions.

Thomas ne s'assit pas sur l'austère tabouret réglable, placé au chevet du lit. Il resta debout, concentra son attention sur une prise électrique à l'air indifférent, et se mit à parler.

— Esther, dit-il. C'est moi. Thomas.

Ensuite, il n'eut plus rien à dire.

En fait, il n'avait jamais vraiment parlé à Esther. Ça le gênait de lui déverser des flots de mots sans qu'elle puisse se défendre. D'un autre côté, c'était tentant. Aucun risque de se faire casser par une repartie cinglante. Comme il se reprochait cette pensée, il s'aperçut qu'il avait pris la parole, sans s'en apercevoir. C'était la première fois que ça lui arrivait.

— Tu comprends, s'entendit-il dire, je suis pas un chevalier. C'était débile, cette histoire de chevalier. Je suis peut-être complètement barré, avec mes jeux vidéo, mais toi, franchement, c'était pas tellement mieux. En fait, je pense qu'on a déconné tous les deux, dans cette affaire, tu vois ?

Il toussa, craignit de la contaminer, poursuivit :

— Le truc, c'est que je t'aime comme un dingue, et que si ça foire, je crois que je suis pas prêt de retenter le coup avec une autre fille. Tu l'as dit, t'es pas comme les autres et je n'aime que les filles qui sont pas comme les autres, or la plupart des filles sont comme les autres. Même ma mère, elle m'a vachement déçu. Je pensais qu'elle était nettement au-dessus du lot, et elle est tombée amoureuse du pire des ringards. Tu vas me dire, c'est aussi la faute de mon père, qui se l'est jouée trop Charles Bovary, genre je vois pas que ma femme est malheureuse. Mais, moi, j'aurais jamais laissé notre couple partir en vrille. J'aurais fait tout le temps des efforts. Par exemple, je me serais limité à un jeu ou deux. Disons trois. Et toi, de ton côté, tu aurais passé moins de temps à t'entraîner. D'ailleurs, entre nous soit dit, entre l'ordi et le canasson, on voit bien lequel est le plus dangereux pour la santé. Et puis, il faut qu'on pense à nos enfants. J'accepte que notre fille s'appelle Rose, mais je propose Merlin et Galaad pour les garçons. Il faut qu'on s'en occupe vachement. Par exemple, moi, je ferai gaffe à ce qu'ils fassent pas n'importe quoi, sur le Web. Comme je connais bien le truc, c'est moi qui surveillerai ça. Toi, tu pourras gérer le côté sportif, la nature, la bouffe et tout. Ça vaut la peine d'y réfléchir. À nous deux, on forme un couple très équilibré, finalement.

Il souffla, conscient que son discours manquait de structure.

— Bon, j'avoue, il a fallu que je me reconnecte. J'ai dû m'occuper de ma mère, c'était urgent, mais je pouvais pas t'expliquer. Une promesse est une promesse, et je suis un homme de parole. Je ne triche qu'en cachette. Bref. Je crois qu'on a réussi à écarter le danger, Pauline et moi. Mais il reste beaucoup de boulot, par rapport à mon père, qui est lourd. Gentil, mais lourd. On t'expliquera les détails dès que tu seras sur pied. Et je te fais remarquer que Pauline a sa part de responsabilité. Elle était d'accord pour écarter Bégaud, le troll qui voulait emmener notre mère dans sa caverne. Faut que tu reprennes tout le procès depuis le début, qu'on s'explique. Tu me redonnes une autre chance. En fait, ce qui serait vraiment cool, ça serait que tu te réveilles. Là, tout de suite. Un miracle, tu vois, comme dans les films nuls.

Lentement, il tourna la tête vers Esther.

— Je vais compter jusqu'à dix, prononça-t-il. Quand j'arriverai à dix, tu ouvriras les yeux.

Il se mit à compter, très lentement.

Jusqu'à ce qu'il arrive à cinq, rien ne se passa.

Mais brusquement, la poitrine d'Esther se souleva. Il tressaillit, continua de compter, au même rythme.

— Six...

Elle poussa un soupir. Ses paupières tremblèrent.

— Sept. Huit.

Nouveau soupir, plus profond. Remuement des lèvres.

— Neuf.

Elle avait fait entendre un vague râle. Il sentit qu'il était en sueur.

— Dix.

Esther ouvrit les yeux.

Au même instant, on frappa à la porte et une aide-soignante entra, portant un plateau garni d'une biscotte et d'une tasse de tisane malodorante.

— Bonjour, Esther, voilà la tisane que vous avez demandée. Bon appétit.

Un sourire gêné aux lèvres, Pauline était entrée à la suite de la dame, qui referma la porte avec un geste amical de la main.

— «La tisane que vous avez demandée», répéta Thomas, en détachant les syllabes. Comment tu as fait pour demander une tisane si tu étais dans le coma?

Silence. Puis Esther répondit :

— J'étais pas dans le coma. C'est Pauline qui a eu l'idée. C'était pour me venger que tu viennes pas me voir.

Pauline prit un air innocent.

— Ben oui. T'étais pas encore convaincu que j'étais une bonne actrice.

Thomas rougit comme jamais. Se mêlèrent le rouge de la colère, le rouge du soulagement, le rouge de la honte, et toute une palette d'autres sentiments rouges.

Son visage faisait une tache sanglante sur le mur pâle.

— Sors, chuchota-t-il à l'intention de sa sœur. Sors tout de suite de cette chambre.

Elle ne discuta pas, renonçant même à hausser les épaules.

Quand il se retrouva seul avec Esther, elle lui coupa la parole avant même qu'il ne la prenne.

— Non, ne dis pas que tu m'as dit tout ça juste parce que tu croyais que j'entendais rien.

Il ouvrit la bouche.

— T'avais raison, poursuivit-elle précipitamment. Je suis d'accord avec tout. On a déconné tous les deux.

— Toi, surtout. Moi, je t'ai pas fait croire que j'étais mort.

Elle en convint.

— Comment je peux me faire pardonner?

Il se détendit, réfléchit.

— Je veux que tu m'embrasses dans les couloirs du lycée.

Elle ouvrit des yeux étonnés, puis sourit.

— OK.

— Je veux qu'on s'envoie des sms, qu'on aille au ciné, qu'on se roule des pelles pendant tout le film et qu'on aille au McDo pour se faire goûter un bout de notre burger.

Elle grimaça.

— Me fais pas rire. J'ai deux côtes fêlées.

— C'est pas tout, menaça Thomas.

— Quoi?

— Je vais t'expliquer les règles de *World of Warcraft*, te créer un avatar, et tu vas jouer avec moi. Au moins jusqu'au troisième niveau. Après, et seulement après, tu me diras ce que tu en penses.

Elle grimaça encore.

— C'est à prendre ou à laisser, ajouta Thomas.

— C'est bon, soupira-t-elle. Je prends.

Au moment précis où Thomas jugeait opportun de se pencher sur Esther pour lui administrer un long baiser, la porte s'ouvrit et déversa dans la chambre M. et Mme Poupinel, suivis de Pauline qui souriait, à son insupportable manière.

Thomas désira soudain être ailleurs. Mais son père venait de tendre à Esther un grand paquet plat et carré.

— Bonjour, Esther! lança-t-il. Je suis le papa. Et ça, c'est pour vous. Une version pirate de «Sad Eyed Lady of the Lowlands». On entend très mal, bien sûr, ça a été enregistré en 1971, en Australie, par un spectateur probablement placé très loin de la scène. Ce disque-là n'est pas loin d'être le clou absolu de ma collection. Bienvenue dans la famille.

Et il lui fit quatre bises. Il portait une chemise à rayures.

— Merci beaucoup, dit Esther. J'adore Bob Dylan.

Mme Poupinel s'approcha du lit et souleva doucement les cheveux d'Esther, sans parler. Elle souriait,
paraissait presque plus épuisée que la jeune fille. Il fit
très chaud dans la chambre.

— Elle est fatiguée, décida Thomas. On va la laisser.

Esther esquissa une moue amusée. M. Poupinel ne la
quittait pas des yeux. Il regrettait un peu, pour son
disque, finalement.

— Merci beaucoup d'être venus, ça m'a fait plaisir.
Salut, Pauline. À très bientôt, Thomas, murmura Esther
quand ils quittèrent la chambre.

Dans la voiture, personne ne parla pendant un bon
moment.

M. Poupinel, probablement briefé par sa femme, ne
fit pas observer que son fils avait bon goût. Mme Poupinel ne fit entendre aucune plainte. Thomas songea
que ce silence n'était pas désagréable. Quelque chose
s'était dénoué. Esther lui avait dit : «À bientôt, Thomas.»

— Bravo, vraiment, lui dit Pauline quand ils furent
rentrés à la maison.

— Bravo, quoi?

— J'étais complètement dedans.

— Mais où? Qu'est-ce que tu racontes?

— Ben, dans la situation. J'étais complètement
dedans. L'émotion, les poils qui se dressent. Tout.
Surtout quand tu as donné le nom de vos futurs enfants,
et que tu as dit que tu l'aimais comme un dingue. C'était
juste waouh.

— Tu as entendu? Tu as écouté?

— Pas ma faute. Papa et maman venaient d'arriver.
J'ai entrouvert la porte pour voir s'ils pouvaient entrer,
et comme tu parlais vachement fort, j'ai eu peur qu'ils
captent des trucs sur Bégaud. Alors je suis entrée dans la
chambre en leur disant d'attendre un peu et j'ai refermé
la porte derrière moi. T'étais tellement dans ton truc

que t'as pas entendu. Esther te dévorait des yeux, elle m'a pas vue.

— Et tu pouvais pas juste refermer direct la porte SANS entrer dans la chambre ?

— Mais oui, que je suis bête ! C'est ça que j'aurais dû faire !

Thomas s'enfonça dans son siège. La vieille malédiction pesait toujours sur lui.

— Donc, tu as entendu les conneries que je disais à Esther.

Pauline s'insurgea :

— C'était pas des conneries, pour une fois !

Elle avait entièrement raison.

Thomas soupira.

— N'importe quoi, conclut-il.


# – 44 –


La première du spectacle de Pauline eut lieu un mois plus tard.

Le rideau s'ouvrait sur le décor coquet concocté par la documentaliste du collège, qui s'occupait aussi des costumes et de la buvette. Les spectateurs, tous parents, grands-parents, frères, sœurs et potes des acteurs, découvrirent un intérieur au mobilier hétéroclite, situé quelque part entre le vide-greniers et la maison de poupée.

En guise d'ultime conseil, Thomas avait recommandé à Pauline d'improviser, si elle sentait que les spectateurs se lassaient.

— Il faut les surprendre. Les retourner. Créer l'événement. N'hésite pas à déconcerter tes partenaires, ça les fera réagir. L'adrénaline, Pauline, c'est le secret.

Pour l'heure, il priait, au quatrième rang, tandis

qu'Esther, lovée contre son épaule gauche, s'efforçait de le rassurer.

— T'inquiète. Elle sera excellente. Je la connais.

— Moi aussi, je la connais, mais ça ne me conduit pas à la même conclusion.

Au premier rang, les parents Poupinel et Camusot mirent, de mauvaise grâce, un terme à leur conversation. Ces quatre semaines avaient vu défiler des tas d'événements inimaginables. M. Poupinel et M. Camusot s'étaient trouvé des points communs en matière musicale. Ils échangeaient tous les jours par mail. Mme Poupinel s'était rapprochée de Véronique Camusot, et l'accompagnait quelquefois dans des promenades à cheval, le week-end. Elle s'était révélée assez douée.

Latreille avait été viré du lycée. Ses parents l'avaient inscrit dans un établissement privé à la discipline militaire, où il était maintenant interne. On y formait le caractère des jeunes par des exercices physiques nombreux, de longues marches, des opérations nocturnes. À cette occasion, on avait appris quelle était la profession de M. Friol. Il était professeur d'éducation physique dans cet établissement, et s'était dit ravi d'y accueillir la nouvelle recrue.

Depuis le départ de Latreille, Jérémie et Tartine travaillaient ensemble à un long métrage d'animation en 3D.

Quant à Thomas et à Esther, ils ne se quittaient plus, et personne ne s'autorisait, à leur sujet, le moindre commentaire. Ils étaient faits l'un pour l'autre, c'était clair.

Le spectacle se déroula normalement. C'est-à-dire que, malgré les conseils de son frère, Pauline s'y montra très médiocre. Mais elle eut l'intelligence de le sentir et, dans la scène finale, au moment où elle devait avouer à son partenaire, le très beau Timothée Garland, qu'elle partait définitivement pour le Canada, elle décida d'improviser.

Elle se jeta sur lui et l'embrassa rageusement sur la bouche.

— Mais c'était pas prévu ! protesta le garçon.

— Tais-toi ! Il fallait un rebondissement. Ils étaient en train de décrocher.

De fait, cette initiative eut un heureux succès, et le rideau se baissa dans un tonnerre d'applaudissements.

C'est à ce moment précis que Thomas eut une révélation.

Il n'était plus du tout un nolife.

Maintenant, il était le contraire. Il était un...

Il n'y avait pas de mot pour ce qu'il était.

Il en conclut que l'amour était le meilleur moyen d'échapper aux définitions.

Puis il prit Esther dans ses bras.

# CE ROMAN
# VOUS A PLU ?

Donnez votre avis
et retrouvez
d'autres lecteurs sur

**LECTURE
academy.com**

DÉCOUVREZ UN EXTRAIT DU ROMAN
**L'AMOUR EN SECRET**
DE A.E. CANNON

# Ed

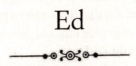

— T'as une vraie dégaine de plouc, Ed ! déclare Maggie McIff, dite la Charmante et Talentueuse, ma jeune sœur de huit ans, alors que je m'apprête à partir pour mon job au magasin de vidéos La Vie en Bobines.

Elle a relevé le nez de sa méga pile de poupées Barbies nues juste assez longtemps pour me lancer cette remarque des plus encourageantes. Croisant mon image dans le miroir de l'entrée, force m'est de reconnaître (in petto) qu'elle n'a pas tout à fait tort. Mais permettez-moi tout d'abord une petite mise au point : quand bien même vous seriez une star de cinéma, vous auriez VOUS AUSSI une dégaine de plouc, si vous étiez obligé de porter un pantalon de smoking noir, une large ceinture rouge sur une chemise blanche à fanfreluches, un nœud papillon assorti et des chaussures cirées débiles à bouts pointus pour aller au travail. Les employés de La Vie en Bobines sont censés ressembler aux vieux portiers d'endroits comme le Théâtre chinois de Grauman à Hollywood, même si, de l'avis de la plupart de nos clients, on a plutôt l'air de stripteaseurs.

Avec des muscles un tantinet moins joliment ciselés.

Je porte en outre le badge d'un ancien employé, parce que mon patron (qui s'appelle Ali et ne m'impressionne pas qu'un peu) ne m'en a toujours pas fabriqué un à mon nom. Je travaille pourtant pour lui depuis trois semaines maintenant. C'est d'autant plus étrange que, d'ordinaire, Ali assure, question détails. Il est connu pour être le gérant le mieux organisé et le plus efficace de toute l'histoire de la location du VHS et du DVD.

À se demander ce qui se trame, vous ne trouvez pas ?

Quoi qu'il en soit, mon amie et collègue Scout Arrington m'a aidé à entrer dans sa boîte parce qu'elle sait que je n'aime pas moins le cinéma qu'elle. Et, pour tout vous avouer, je veux tourner mes propres films, un jour.

DÉFENSE DE RICANER !

Ça n'a rien d'inconcevable. Qui sait si je ne deviendrai pas le prochain Steven Spielberg ? Après tout, il faudra bien que quelqu'un s'y colle.

Mais, pour le moment, je ne suis qu'un type ordinaire et rasoir de seize ans, qui porte le nom d'Ed McIff et le badge de « Sergio ».

*Sergio ?*

Selon Scout, ça sonne comme un nom de jeune premier romantique dans un feuilleton télévisé.

— Alors, ça fait de moi l'Anti-Sergio en personne, aucun doute là-dessus, je rétorque.

En effet (et pour parler franchement) je NE suis PAS le genre de type dont rêvent les filles. D'abord, je suis court sur pattes.

— Tom Cruise non plus n'est pas si grand que ça, répète toujours ma mère.

J'adore comment elle évite d'utiliser le mot « petit ».

— Ouais, je réponds, mais c'est Tom Cruise. Ça compense.

Certes, personne ne rêve plus d'être Tom Cruise, maintenant qu'il est devenu de la pâtée pour psychanalystes, mais peu importe.

Je jette un dernier coup d'œil au miroir de l'entrée. Non, je n'ai pas grandi.

— C'est tous les jours que t'as une vraie dégaine de plouc, précise charitablement la Charmante et Talentueuse, histoire de lever toute ambiguïté. Seulement ce soir, c'est pire, parce que t'as les cheveux hérissés tout droit sur la tête.

Sur ce, elle continue sereinement à tresser des perles dans la chevelure d'une des Barbies nues.

— Merci pour l'info. Et TOI, dis-moi, ça te plairait si j'empruntais la boîte de chimie junior de Quark et si cette nuit, quand tu dormiras, je faisais exploser TOUTES tes Barbies ?

Quark (de son vrai nom Quentin Andrews O'Rourke) est notre voisin. Nous avons exactement le même âge, lui et moi – nous sommes nés le même jour et, quand nous étions petits, nous fêtions toujours notre anniversaire ensemble – mais, à part ça, vous ne nous trouverez aucun autre point commun. Quark est un génie qui fréquente une école pour surdoués patentés quelque part du côté de Sandy, au sud de Salt Lake City, où nous vivons.

Non seulement Quark est un génie mais, en plus, il ressemble COMME DEUX GOUTTES D'EAU à Brad Pitt, bien que : a) il ne se coiffe que rarement, et : b) il a tendance à perdre complètement les pédales quand il lui faut choisir la couleur de sa tenue. Il est également monstrueusement grand, alors j'imagine qu'il serait plus juste de dire qu'il ressemble à un Brad Pitt qui souffrirait d'un rare syndrome glandulaire propre aux superstars.

Toutefois, Quark ne se doute pas le moins du monde qu'il

est beau et, du reste, peu lui importerait, dans la mesure où il ne vit que pour les joies que lui procure la découverte scientifique.

La Charmante et Talentueuse écarquille les yeux.

— T'oserais jamais faire exploser mes Barbies, piaule-t-elle en les rassemblant comme une mère poule ses poussins, pour reprendre le vieux cliché.

Je jette un dernier coup d'œil au miroir.

— Qu'est-ce que tu paries ? Je suis une bombe humaine à retardement – quand je vous parlais de clichés – prête à exploser !

— Presque six heures ! crie M'man depuis la cuisine. C'est l'heure d'y aller, Ed !

— Oui, j'y vais.

— À plus tard... Sergio, roucoule M'man, avant de partir d'un immense fou rire, digne d'une démente ou d'un savant fou.

Ne pensez-vous pas, comme moi, qu'il s'agit là d'un comportement parfaitement anormal pour un membre féminin de la famille ? La législation fédérale ne précise-t-elle pas quelque part que les mères ne sont pas autorisées à se gausser de leur fragile descendance mâle, quand celle-ci se voit forcée d'endosser un uniforme ridicule ?

Sinon, elle le devrait.

J'ouvre notre rasoir et banale porte d'entrée et je sors dans un nouveau rasoir et banal soir d'été.

En route pour mon travail (au volant de la minable authentique Geo d'époque de ma mère), je rédige mentalement un scénario. C'est un truc que j'aime faire pour passer le temps. Ça pourrait être un bon documentaire pour la télé publique.

## La Vie Rasoir et Banale d'un Jeune Américain Typique Nommé Ed
### Scénario (faiblement) original d'Ed McIff

La caméra zoome sur un Américain moyen de seize ans en caleçon de flanelle, assis sur un tabouret de bar, fort occupé à se demander s'il ne devrait pas fréquenter la salle de gym avec son amie Scout. Cette intense activité mentale l'a quelque peu fatigué et lui a ouvert l'appétit.

LE PRÉSENTATEUR (avec l'accent du Prince Charles, mais en plus prétentieux) :
Bienvenue à vous tous, brillants téléspectateurs. Vous allez aujourd'hui faire la connaissance d'un Américain moyen de seize ans. Hep, jeune homme ! Vous, là-bas !
ED (il se retourne pour voir d'où provient la voix et se lance dans sa meilleure imitation de Robert De Niro) :
C'est à moi que vous parlez ? C'est bien à MOI que VOUS parlez ?
LE PRÉSENTATEUR :
Parfaitement ! Comment vous appelez-vous ?
ED :
Ed McIff.
LE PRÉSENTATEUR :
Parlez-nous un peu de vous, Ed.
ED :
Y'a pas vraiment grand-chose à raconter...
LE PRÉSENTATEUR :
Taratata ! Voyons, vous ne voudriez quand même pas décevoir tous nos merveilleux spectateurs aux idées larges

et aux opinions politiquement correctes qui plébiscitent notre émission et d'autres sur les chaînes régionales de télévision publique, n'est-ce pas ?

ED :

Euh, je ne sais pas trop. J'y ai jamais vraiment réfléchi.

LE PRÉSENTATEUR :

Parlez-nous de vos goûts. Dites-nous, par exemple, quel est, de tous les pays étrangers que vous avez visités, celui que vous avez le plus apprécié ?

ED :

Disneyland, ça compte ?

LE PRÉSENTATEUR (il semble contrarié, mais reste poli) :

Allons, essayons encore une fois ! Quelle est la pièce de Shakespeare que vous préférez ?

ED :

Je dois avouer que Shakespeare me paraît dans l'ensemble assez faiblard : toutes ces prises de tête sur des gens qui essaient de se faire passer pour d'autres, vous ne trouvez pas ça un peu idiot, vous ?

LE PRÉSENTATEUR (l'air offensé et beaucoup moins poli) :

Il est maintenant hors de doute que nous progressons à vive allure vers un néant intégral. Reprenons, monsieur McIff. J'ai là une question à laquelle même VOUS serez capable de répondre. Racontez-nous comment vous passez vos journées cet été, s'il vous plaît.

ED :

O.K. Je me réveille vers onze heures ou midi, parce que je me suis couché tard, parce que j'ai travaillé tard la veille à La Vie en Bobines avec Scout et Ali, et parfois aussi avec

T. Monroe Menlove. Je vais à la cuisine et je me verse un grand bol de céréales. Des Lucky Charms, s'il vous plaît ! Après le petit déjeuner, je m'installe en caleçon sur le canapé et je reste un moment à zapper sur des talk-shows, histoire de voir de grandes meufs nullardes qui s'empoignent sous les yeux de leurs petits amis. Puis je prends ma douche, je m'habille et je vais chez mon voisin Quark, où je joue sur la console pendant qu'il me détaille les phénomènes fascinants qu'il a observés à la surface de la Lune la nuit précédente via son fidèle télescope. Quark en sait plus sur la Lune que n'importe quel astronaute qui y a traîné ses bottes. Bref, après, je rentre à la maison, je torture un peu ma petite sœur Maggie, puis je me change et je vais à La Vie en Bobines, où je travaille jusqu'à deux heures du matin.

LE PRÉSENTATEUR :

Et c'est tout ? Votre vie se résume à ça, jour après jour ?

ED :

Parfois, je prends des Cap'n Crunch au lieu de Lucky Charms pour le petit déjeuner. J'adore ça aussi ; et bien sûr, je change de caleçon tous les matins : je suis un mec propre, moi !

(Il s'est exprimé avec une fierté évidente.)

LE PRÉSENTATEUR :

Vous voulez dire qu'il n'y a vraiment rien d'autre ? Pas de petite amie ?

ED :

Hep, minute ! De quoi j'me mêle, d'abord ? Vous pensez sans doute que c'est du gâteau, de rencontrer une fille, pour un type de petite taille et qui doit bosser de nuit en chemise blanche à fanfreluches ?

LE PRÉSENTATEUR :

Vous a-t-on jamais dit, monsieur McIff, que vous êtes un raté ?

Coupez !

Qu'en pensez-vous ?

D'accord, d'accord ! Vous avez parfaitement raison. Pareil scénario n'a aucune chance d'être accepté par la télévision publique. Quelque chose sur Sergio, en revanche, ferait peut-être mouche.

Scout et moi, on aime bien se faire de grands délires sur Sergio, cet employé dont je porte le badge et dont personne – pas même T. Monroe Menlove, qui travaille pourtant à La Vie en Bobines depuis la nuit des temps – ne se souvient. Qui était-il ? Pourquoi a-t-il quitté son job ? Où est-il à présent ? Fantasmer sur la vie de ce mystérieux Sergio est l'un de nos passe-temps favoris.

— À mon avis, s'il est parti, c'est parce que sa famille, qui vit au Brésil et qui est immensément riche, a téléphoné pour lui dire qu'il était temps de rentrer, commence toujours Scout.

— Il doit s'occuper de leurs plantations, j'enchaîne.

— Il leur manque, ils ont besoin de lui et ils en ont marre de l'attendre pendant qu'il fait le tour du monde.

— Qu'il surfe en Australie.

— Qu'il chasse le tigre en Inde.

— Qu'il conduit sa Formule Un sur le circuit de Monaco et batifole avec des princesses aux seins nus !

— Qu'il traverse le désert égyptien à dos de chameau.

— Qu'il escalade l'Annapurna !

— Ou qu'il travaille à La Vie en Bobines, Salt Lake City,

tout simplement parce qu'il a envie de se la couler douce pendant quelques semaines, conclut Scout.

— Et comment Sergio réagit-il en apprenant qu'il doit rentrer au Brésil pour s'occuper des plantations familiales ?

— Il ne perd pas son calme. Sergio garde toujours son sang-froid, même confronté à une déception ou face au danger.

— En fait, face au danger, il rit. Ha ! Ha ! Ha !

— Certes. Mais il ne transpire pas. Sergio ne transpire jamais.

— Et quand bien même, sa transpiration serait d'une qualité supérieure !

— Excessivement virile, approuve Scout.

Elle me regarde, je la regarde, et on éclate de rire tous les deux. T. Monroe (notre crapaud de bénitier en titre) s'empresse de nous rappeler que le Seigneur réprouve toute légèreté.

Sergio, ô Sergio, où es-tu donc passé ?

Je croise les mains sur le volant de la Geo de ma mère (est-il besoin de préciser que Sergio, lui, préfèrerait mourir plutôt que d'être surpris à conduire cette épave ?) et je souris.

Quelle vie de rêve il doit mener, le vrai Sergio !

« Pour l'éditeur, le principe est d'utiliser des papiers composés de fibres naturelles, renouvelables, recyclables et fabriquées à partir de bois issus de forêts qui adoptent un système d'aménagement durable. En outre, l'éditeur attend de ses fournisseurs de papier qu'ils s'inscrivent dans une démarche de certification environnementale reconnue. »

Édité par la Librairie Générale Française - LPJ
(58 rue Jean Bleuzen, 92178 Vanves Cedex)

*Composition Nord Compo*
Achevé d'imprimer en Espagne par BLACK PRINT CPI IBERICA
Dépôt légal 1$^{re}$ publication février 2015
85.7785.9/02 - ISBN : 978-2-01-220238-2
*Loi n° 49-956 du 16 juillet 1949 sur les publications destinées à la jeunesse*
*Dépôt légal :* juillet 2015